Knaur

Über die Autorin:

Patricia Melo, geboren 1962 in São Paulo, arbeitet als Drehbuchautorin und Schriftstellerin. Sie lebt mit ihrem Mann, einem Fernsehproduzenten, und ihrer Tochter in Rio de Janeiro. Mit dem Roman *O Matador*, für den sie den Deutschen Krimipreis erhielt, gelang ihr der internationale Durchbruch. Der *Spiegel* nannte sie »eine begnadete Sprachhexe« und lobt ihre Scharfzüngigkeit: »Patricia Melo macht den Krimi zu einem kritischen, sarkastischen Kunstwerk.« *Wer lügt, gewinnt* ist ihr dritter Roman, der ebenfalls in zahlreiche Sprachen übersetzt wurde.

Patricia Melo

Wer lügt, gewinnt

Roman

Aus dem Brasilianischen von
Barbara Mesquita

Knaur

Die brasilianische Originalausgabe erschien unter dem Titel
»Elogio da mentira« bei Companhia das letras, São Paulo.

Besuchen Sie uns im Internet:
www.knaur.de

Vollständige Taschenbuchausgabe 2003
Droemersche Verlagsanstalt Th. Knaur Nachf., München

Umschlaggestaltung: Agentur ZERO, München
Umschlagabbildung: Craig Cutler / A + C Antology
Satz: Ventura Publisher im Verlag
Druck und Bindung: Clausen & Bosse, Leck
Printed in Germany
ISBN 3-426-62086-3

2 4 5 3 1

Für Rubem Fonseca

Der menschliche Geist
ist empfänglicher für die Lüge
als für die Wahrheit.

Erasmus
Das Lob der Torheit

Kadaver, Kriminelle und krumme Dinger

Alles, was von irgend jemandem
treffend gesagt worden ist,
gehört mir.

Seneca

1

Ich habe schon immer etwas für Schlangen übrig gehabt, besonders für Giftschlangen, aber der Grund dafür, daß ich anfing, häufiger ins Städtische Institut für Serotherapie zu gehen, war Fúlvia Melissa. Als wir einander vorgestellt wurden, stand sie vor dem künstlichen Teich des Museums, hübsch, weißer Kittel, Brille, und untersuchte eine drei Meter lange Sucuri. Wir schüttelten uns die Hände; was ich jetzt tun werde, wird Ihnen gefallen, sagte sie.

Einer von Fúlvias Assistenten machte die Wasserschlange bewegungsunfähig, indem er sie mit beiden Händen unmittelbar unterhalb des Kopfes festhielt. Anschließend wurde die Sucuri auf den Labortisch gelegt. Sie will nicht fressen, sagte Fúlvia, das kommt vom Streß der Gefangenschaft, sehen Sie nur, die Ärmste hat Läuse. Ein Angestellter brachte ein Kaninchen, das in einem kleinen Käfig eingesperrt war. Mit einer als Hebel dienenden Pinzette und der Hilfe des Assistenten öffnete Fúlvia dem Reptil das Maul. Dann holte sie das Kaninchen aus dem Käfig, und mit einer raschen Geste brach sie ihm das Genick. Ich töte das Beutetier immer, bevor ich die Zwangsernährung vornehme, erklärte Fúlvia und stopfte das tote Kaninchen in den Schlund der Sucuri. Schlangen fressen keine toten Tiere, sagte

sie, aber solange das Blut der Beute noch warm ist, gibt es kein Problem. Mit den Händen preßte Fúlvia Melissa den Körper der Schlange und beförderte so das Kaninchen in den Magen des Reptils hinunter. Sie können sie wieder wegbringen, wies sie ihren Assistenten an.
Gehen wir, sagte Fúlvia, ich werde Ihnen das Institut zeigen. Früher, erklärte sie, war das ganze Gelände hier ein Naturschutzgebiet; haben Sie die vielen Pagodenbäume dort draußen gesehen? Wenn sie blühen, ist hier alles von einem wunderbaren Duft erfüllt. Seite an Seite schlenderten wir durch das Museum, ganz gemächlich, und bereits da war irgend etwas zwischen uns, Fäden, sie führte das Gespräch, ich schaute mir die Schlangen in den Terrarien an. Fúlvia zeigte mir ihre Favoritin, die Sandrassel-Otter *Echis carinatus*. Wenn es ums Töten geht, meinte sie, gehört die hier zum besten, was es gibt, neunzig Prozent der Personen, die gebissen werden, sterben, selbst dann, wenn sie Serum bekommen.
Wir traten aus dem Museum hinaus. Es war ein schwüler Tag, der Himmel düster. Ich mag diesen Ort, sagte Fúlvia Melissa; sehen Sie diese Bäume, der dort drüben ist über hundert Jahre alt, ist er nicht schön? Was für eine Schlange wird Ihr Mörder denn verwenden? Ich bin noch unentschlossen, entgegnete ich; ich weiß, daß es viele verschiedene Arten von Giften gibt. Ja, sagte Fúlvia, Sie haben die Wahl, es gibt Gifte, die Nekrose verursachen, neurotoxische Gifte, die die Muskeln lähmen, was hätten Sie gern?
Ich erklärte ihr, daß ich mich erst in der Anfangsphase meiner Recherchen zu dem Buch befände, daß ich es

noch nicht wisse, daß mir aber die Idee vom Tod durch Atemstillstand gefiele.
Das ist eine schreckliche Art zu sterben, meinte sie, dafür wäre jede Art der *Naja*-Gattung perfekt geeignet. Das Problem ist, daß es sie weder in Nord- noch in Südamerika gibt. Wenn Sie ein neurotoxinhaltiges Gift verwenden wollen, empfehle ich Ihnen die Korallenschlangen. Es ist allerdings wichtig zu wissen, daß Unfälle mit Korallenschlangen nicht sonderlich häufig vorkommen, Korallenschlangen sind ängstlich, sie meiden die Menschen, das ist für Ihre Geschichte vielleicht ein Handicap. Wir müssen uns noch über den Ort, an dem das Verbrechen begangen werden soll, Gedanken machen. Wer sind Ihre Opfer? Wie ich schon sagte, antwortete ich, ich stehe erst am Anfang.
Ein Donner rollte am Himmel, Blitze, wir hatten keine zwei Minuten Zeit, um zum Museum zurückzurennen, da brach der Regen los.
Fúlvia besorgte mir ein Handtuch, ich trocknete mich ab. Sie werden sich erkälten in Ihrem nassen Hemd, ich hole Ihnen einen Kittel. Nein, sagte ich; Sie erkälten sich noch, beharrte sie, ging zu einem Schrank, griff nach einer geräumigen, halb vergilbten Jacke, die können Sie anziehen, sagte sie, die ist von einem Biologen, der letztes Jahr gestorben ist, oder stört Sie das? Es störte mich nicht. Ich ging zur Toilette, zog mein klitschnasses Hemd aus und streifte den Kittel über, der nach Mottenkugeln roch. Großartig, meinte Fúlvia, als ich zurückkam, wollen Sie die Mäuse sehen?
Während wir abwarteten, daß es aufhörte zu regnen,

zeigte sie mir den Laborbereich, in dem die Mäuse gezüchtet wurden. Ein Raum, zum Bersten gefüllt mit Käfigen voller Mäusebabies, die kleiner als mein Daumen waren. Von den Zitzen der Mutter in den Schlund der Schlange, sagte Fúlvia; alle vierzehn Tag werfe ich eine Handvoll von ihnen zu den Schlangen in den Käfig. Bevor ich ging, lud sie mich zu einem Vortrag ein, den sie am nächsten Tag vor Beamten der staatlichen Krankenstationen aus dem Landesinneren halten wollte. Sehr fachbezogen und didaktisch, sagte sie, er könnte Ihnen bei Ihrem Buch helfen. Ich sagte zu. So fing es mit uns an.

2

An: Wilmer *Von:* José Guber

Der Türke oder *Er trug seine Mutter zu Grabe und ging schwimmen,* von Richard Higgins

John Sayers, ein guter Kerl, ungeziert und exzentrisch, verliert seine Mutter und vergießt bei der Totenwache keine einzige Träne. (Er trinkt sogar den Milchkaffee, den ihm der Wächter der Kapelle anbietet.) Tage später bringt er am Strand einen Türken um, völlig ohne Grund. Er kommt vor Gericht und wird verurteilt, nicht etwa, weil er den Türken getötet hat, sondern weil er bei der Totenwache für seine Mutter nicht geweint hat. Wilmer, die Geschichte hört sich simpel an, ist aber überaus verwickelt. Sie hat hochinteressante Details, die Staatsanwaltschaft baut ihre gesamte Anklage nämlich auf der Tatsache auf, daß John Sayers bei der Totenwache für seine Mutter, zu der er mit nassem Haar erschien, nicht geweint hat. Wir bringen einen packenden Krimi heraus, der aufzeigen wird, wie absurd unser Justizapparat ist. Bitte umgehend OK geben.

Von: Wilmer *An:* José Guber

Es ist Ihnen untersagt, Romane über verrückte Exzentriker zu schreiben, die grundlos am Strand Türken ermorden. Haben Sie das Rundschreiben 149 nicht gelesen? Wir bringen keine Türken, Schwarzen, Juden, Indianer, Kinder, Hausangestellten, vom Aussterben bedrohte Tiere oder dergleichen um. Ich verbiete Ihnen außerdem, über irgendein Thema zu schreiben, das sich mit unserem Justizapparat befaßt. Ich will ein neues Exposé.

Vier Monate zuvor, ich surfte gerade im Internet und recherchierte über afrikanische Schlangen, mir schwebte vor, das Strickmuster von *Das gefleckte Band* für die Serie Feuerspeier abzukupfern, obwohl ich die Geschichte einigermaßen langweilig fand, da stieß ich auf eine Homepage, die mich interessierte. Es war die von Fúlvia. Ich bin Mitglied im Herpetologenverband von São Paulo, gab sie an, und arbeite am Städtischen Institut für Serotherapie. Ich besitze eine Sammlung, zu der eine echte Boa constrictor und eine Netzpython gehören. Wenn Sie sich für diese Tiere interessieren, schrieb sie, Fragen haben oder Informationen wünschen, setzen Sie sich bitte mit mir in Verbindung.
Das Foto von ihr, eine Schlange um den Arm gewunden, ein Buch in der rechten Hand, zog mich an. Jemand mit einem Buch in der Hand strahlt immer etwas Hoffnungsvolles aus. Kurzes, glattes Haar, dichte Augen-

brauen, ganz mein Fall. Ich schickte ihr eine Nachricht und bat um Informationen über Giftschlangen. Ich erklärte ihr, daß ich Autor von Kriminalromanen sei und gerade an einer Geschichte schriebe, in der der Mörder bei seinen Verbrechen Schlangen als Waffen einsetzte. Fúlvia antwortete mir noch am selben Tag und schrieb, das erste, was sie in der Zeitung lese, sei der Polizeiteil, sie könne mir mit Informationen über Vergiftungen durch Schlangenbisse, Gifte und Vergiftungen im allgemeinen weiterhelfen. Wir verabredeten uns für den darauffolgenden Tag in der Abteilung für Schlangenzucht des Instituts.

An diesem Abend packte mich zu Hause die Unruhe, ich fing zwei Bücher zu lesen an, legte beide gleich nach den ersten Seiten aus der Hand, setzte mich und stand wieder auf, schaltete den Fernseher ein, ging ins Wohnzimmer, zurück ins Schlafzimmer, stöberte meine Regale durch, setzte mich, aß zehn Äpfel, stand auf, nahm eine heiße Dusche, zwanzig Minuten lang unter der Brause. Erst danach gelang es mir zu lesen. Meine Exposés zu schreiben fiel mir nicht leicht. Manchmal mußte ich drei, vier Bücher lesen, um irgend etwas Gescheites zu finden. Das war es, was mir Spaß machte, nicht das Schreiben, ich habe noch nie gerne geschrieben, was mir gefiel, war dazuliegen und zu lesen, ich schlief und wachte Minuten später wieder auf, las weiter, ein paar Seiten, und schlief, mitunter träumte ich bruchstückhaft von den Geschichten, ich erwachte, las noch ein bißchen, aß, schlief, die ganze Nacht ging das so, lesender- und schlafender- und schokoladeessenderweise, und in meinem Kopf vermischte sich alles, manchmal notierte ich mir irgend etwas im Computer, das war meine Art zu arbeiten.

Es schlug Mitternacht. Ich machte in der Küche eine Tasse Milch warm, schnappte mir die Medikamente und ging zu meiner Mutter ins Schlafzimmer. Sie kniete noch auf dem Betschemel, den Kopf gesenkt, und redete mit Gott. Heiligenbilder bedeckten alle Wände. Seit über zwei Jahren ging meine Mutter nicht mehr aus dem Haus, seit Moisés, mein älterer Bruder, an Leukämie gestorben war. Sie fragte, ob ich die Fenster geschlossen, die Türen verriegelt, das Gas abgedreht hätte. Sie wollte wissen, ob ich ihr ein Megaphon kaufen könnte. Was willst du mit einem Megaphon? fragte ich. Es sollte neben dem Bildnis von Unserm Herrn Jesus Christus aufgestellt werden, erklärte sie. Es müßte ein sehr leistungsfähiges Megaphon sein, sie würde Jesus Christus kein Billigmarkenmegaphon an die Seite geben. Ich versprach ihr, daß ich eins kaufen würde. Dann deckte ich meine Mutter zu und gab ihr einen Kuß. Als ich schon aus dem Zimmer gehen wollte, fragte sie mich, ob ich auch mein Versprechen, nicht mehr nächtelang zu lesen, einhielte. Ich antwortete mit ja. Wie schön, mein Sohn, sagte sie. Diese Bücher sind dir überhaupt nicht bekommen.

3

Klapperschlangen, Halbmond-Lanzenottern, Jararacas, Jararacussus, Buschmeister, Cotiara-Lanzenottern, all diese und noch viele andere Schlangen konnte ich auf den Dias bewundern, die Fúlvia während ihres Vortrags zeigte. Ich sah auch Bilder von Hunden, die gelähmt waren, weil eine Klapperschlange sie gebissen hatte, von Füßen, die nach Unfällen mit Jararacas abgestorben waren, und viele, viele Opfer von Unfällen mit Schlangen, einigen fehlte ein Arm, anderen ein Fuß, ein Bein, eine unglaubliche Vorführung.

Die Aula des Instituts war leer. Außer mir gab es nur noch sieben Provinzler, Beamte aus den Krankenstationen im Landesinnern, die ein paar Grundlektionen in Sachen Anwendung von Antischlangenserum brauchten. Ich machte es mir in der ersten Reihe, gleich neben der Leinwand, bequem, heftete meinen Blick auf Fúlvia, ließ sie keine Sekunde aus den Augen. Ein rosiges Mädchen, Nährmutter der Schlangen. Sie trug ein enges blaues Kleid, das ihre Rundungen vorteilhaft betonte. Ab und zu schnappte ich ein Wort, einen Satz über die Effizienz antitoxischer Wirkstoffe, die Anwendung von Seren, lokale Desinfektion mit Alkohol auf, sie sagte, verwenden Sie Einwegspritzen, aber ich achtete nicht auf ihre Worte, ich war nicht zum Zuhören dort, ich

wollte schauen, ich wollte sehen, und das tat ich, ich sah muskulöse Arme, ihren Nacken, ihren Hals, ich sah zierliche Hände, unlackierte Nägel, so wie ich sie mochte. Und weiße Zähne. Muskeln. Hören Sie auf damit, sagte sie, als sie an mir vorbeiging. Ich hörte nicht auf. Ich schaute weiter; Unverschämtheit, sagte sie, ich wußte, daß es ihr Spaß machte. Übrigens, erzählte sie mir später, das hat mir gefallen, man hätte denken können, du wärst Fleischbeschauer, sagte sie.
An jenem Abend lobte Fúlvia, während wir zu Abend aßen, meine Idee, bei dem Verbrechen eine Schlange als Waffe zu benutzen. Sie hatte sich im Geist schon einen Plan zurechtgezimmert, ich war Teil dieses Plans und hatte nicht die leiseste Ahnung davon. Du hast dir da ein sehr intelligentes Verbrechen ausgedacht, sagte sie. Ich habe mir noch gar nichts ausgedacht, antwortete ich, ich werde mir etwas ausdenken, aber sie hörte mir überhaupt nicht zu. Wie wird die Polizei beweisen, daß es kein Unfall war? fragte sie. Laß uns zusammen überlegen; die Frau fährt mit dem Mann in ein Plantagenhotel, fernab von allen Krankenhäusern und Krankenstationen. Möchtest du noch Wein? fragte ich. Ja, bitte, sagte sie. Wenn diese Frau, fuhr sie fort, wenn diese Frau in einem Serotherapeutischen Zentrum arbeitet, so wie ich, dann wird sie wissen, welche Krankenstationen kein Antischlangenserum besitzen und wird ein Plantagenhotel in einer solchen Gegend aussuchen. Überleg mal, sagte sie, es ist leicht, sich eine *Bothrops jararaca zu* besorgen, in diesen Instituten tauchen viele Händler auf, die dort illegal Schlangen verkaufen wollen. Du

hast ja die Zahlen gesehen, die ich dir gezeigt habe, achtundachtzig Prozent der im Land registrierten Unfälle gehen auf Kosten von *Bothrops jararaca,* und die gibt es überall. Denk mal drüber nach. Der Mörder könnte auch eine *Bothrops alternatus* verwenden, die, wenn sie schon nicht tötet, zumindest verkrüppelt, wie die Provinzler sagen. Es ist einfach, eine Schlange im Gepäck im Auto mitzunehmen, im Kofferraum. Es ist leicht, den Ehemann betrunken zu machen. Es ist leicht, die Schlange dazu zu bringen, daß sie ihn beißt, wenn er wie ein widerliches Schwein mit vollem Bauch vor sich hinschnarcht. Und es ist einfach zu sagen, daß es ein Unfall war.

Ich habe nicht vor, über ein Verbrechen aus Leidenschaft zu schreiben, sagte ich. Wen willst du dann umbringen? fragte sie. Zwei Erbinnen, antwortete ich. Ich dachte, es sollte ein Ehepaar sein, sagte sie. Na ja, es gilt egal für wen. Das wichtigste ist das logistische Gerüst. Wenn sie in einem Institut für Schlangenzucht arbeitet und der Ehemann an einem Schlangenbiß stirbt, wird die Polizei denken, das Mädchen würde wohl kaum so blöd sein und etwas Derartiges tun. Es ist so augenfällig, daß man sie kaum verdächtigen wird. Oder? Es gibt sogar so einen Film, mit dieser Blondine, ich habe ihren Namen vergessen. Meinst du, die Polizei würde mich verdächtigen, wenn ich meinen Mann nach dieser Methode umbringen würde?

Auf diese Weise erfuhr ich, daß Fúlvia verheiratet war. Das Interessante an dieser Geschichte, meinte sie, abgesehen von dem Umstand, daß es sich um einen wissen-

schaftlichen Mord handelt, ist der symbolische Aspekt; in einigen Kulturen verkörpert die Schlange das Leben, das Licht, die Unsterblichkeit. Die Ägypter, die Hindus und die australischen Aborigines verehren die Schlange. Schlangen dürfen in bestimmten Gegenden Afrikas nicht getötet werden. Das ist ein überaus schwerwiegendes Verbrechen. Aber für uns ist die Schlange nichts als ein Symbol der Verwünschung, der Lüge und der Grausamkeit. Erinnerst du dich an den Bann, mit dem Gott die Schlange belegt hat? »Verflucht seist du, verstoßen aus allem Vieh und allen Tieren auf dem Felde. Auf deinem Bauche sollst du kriechen und Erde fressen dein Leben lang. Unbarmherzig sollst du verfolgt und vernichtet werden, und keine deiner Handlungen soll dich erlösen können.« Ich muß ungefähr sieben Jahre alt gewesen sein, als ich diese Passage aus der Bibel zum ersten Mal gehört habe, das war in der Katechismusstunde. Ich fand es dumm von Gott, ein so überlegenes Tier wie die Schlange aus dem Paradies zu verbannen. Es gibt nichts Spannenderes als Schlangen, nichts, absolut gar nichts, sagte sie. Jedes Tier, ob Giraffe, Zebra, Elefant, alle diese Säugetiere sind biologisch gesehen nichts im Vergleich mit der Schlange. Ich habe Schlangen schon immer bewundert.
Zu diesem Zeitpunkt unseres Gesprächs saßen wir uns gegenüber am Tisch, tranken Wein, schauten uns an, lachten über allen möglichen Unsinn, Fúlvias Hände lagen in meinen, aber sie war noch immer ein wenig verkrampft, wich immer noch aus, ich ließ nicht locker, verflocht unsere Finger ineinander, sie machte sich frei,

es dauerte, bis sie ihre Befangenheit ablegte, und als das geschah, sagte ich, laß uns zu mir gehen.
Ich führte Fúlvia in mein unaufgeräumtes Zimmer, überall Papier, Bücherstapel über Bücherstapel auf dem Boden verstreut. Ich zeigte ihr die Bücher, die ich bei Minnesota veröffentlicht hatte und die unter amerikanischem Pseudonym an den Zeitungskiosken verkauft wurden, *Wenn die Sonne sich verkriecht* von Gregory Turow, *Die sieben Mönche* von John Condon, *Die verfluchte Statue* von Malcom Lovesey, und noch viele mehr. Weshalb die Pseudonyme? wollte sie wissen. Das ist eine Bedingung des Verlags, sagte ich. Sie fand, José Guber sei ein hervorragender Künstlername. Ich erklärte ihr, mein Verlag habe nichts Künstlerisches. Du mußt unheimlich kreativ sein, sich so einen Haufen Verbrechen auszudenken, sich die Waffen, die Alibis, die Flucht zu überlegen ist bestimmt nicht leicht. Verflixt schwierig, pflichtete ich ihr bei. Das möchte ich gerne lesen, kann ich's mitnehmen?
In dieser Nacht passierte nichts. Auch in der folgenden nicht. Wir schlossen uns in meinem Zimmer ein und unterhielten uns die ganze Zeit über Schlangen und Kriminalfälle. Ich muß dir etwas gestehen, sagte sie, ich lese gerne über Verbrechen, Romane lese ich keine, sagte sie, dazu habe ich keine Zeit, ich lese nur wissenschaftliche Texte über Schlangenkunde und eben über Kriminalfälle, über Verbrechen lese ich gerne in der Zeitung, auch nicht über gewöhnliche Verbrechen, ich mag es, über Leute zu lesen, die außer Kontrolle geraten, die ihre ganze Familie abmurksen, oder eben das Gegenteil,

ganz ausgeklügelte Verbrechen, das Kunstwerk, der Künstler, ein wohlgeplantes Verbrechen ist doch ein Kunstwerk, findest du nicht?
Bei unserem dritten Treffen geschah es. Sie las gerade irgendwas, ich weiß nicht mal mehr was, ich achtete nicht darauf, ich nahm ihr das Buch aus der Hand und rückte näher zu ihr heran. Küsse, ich drängte sie mit meinem Körper in Richtung Bett. Sie sagte, ich könne es glauben oder nicht, aber sie habe so was noch nie vorher getan, es sei das erste Mal, daß sie ihren Mann betrüge, sie benutzte nicht die Worte *betrügen* und *Mann,* sie drückte sich anders aus, sie war mutig, sie war offensiv und zärtlich, sie zog mich am Haar zu sich heran, komm, sagte sie.

4

An: Wilmer *Von:* José Guber

Der schwarze Angorakater, von Hillary McClure

Verschwunden: Nora Waugh, 33 Jahre, Ehefrau des Industriellen und Multimillionärs Thomas Waugh. Der Detektiv Scott Condon übernimmt den Fall. Die Ermittlungen beginnen. Alles deutet darauf hin, daß Nora mit ihrem Geliebten durchgebrannt ist. (Wichtiges Detail: Nora hat ihren schwarzen Angorakater mitgenommen, nach dem sie regelrecht verrückt war, wie die Hausangestellten versichern. Achtung: der Ehemann haßte die Katze und quälte sie ständig, das ging so weit, daß er ihr ein Auge ausriß.) Der Fall wird eingestellt. Am Ende eine überraschende Szene. Thomas Waugh, der Industrielle, lädt Scott, den Ermittler, in seinen Weinkeller ein. (Er ist sehr traurig, weil seine Frau ihn verlassen hat, und will sich mit dem Detektiv zusammen vollaufen lassen). Scott, der Detektiv, ist einverstanden. Im Weinkeller fängt Thomas an, Blödsinn zu reden, in der Art: »Diese Wände sind sehr solide.« Er klopft mit seinem Stock gegen die Wand: »Sehen Sie, wie solide die Wände hier sind?« Da hört Scott etwas, das so ähnlich wie Kindergreinen klingt, einen furchterregenden Schrei, der aus dem Inneren der Wand dringt. Er ruft eine Hilfstruppe herbei, sie reißen die Wand des Weinkellers ein. Die Leiche von Nora Waugh ist darin eingemauert, neben einem kleinen Angorakater, der vor Hunger miaut. Der Ehemann gesteht die Tat.

Von: Wilmer *An:* José Guber

OK. Exposé genehmigt. Aber lassen Sie uns den schwarzen Kater gegen einen schwarzen Papagei austauschen. Der Millionär, einer von diesen exzentrischen Typen, färbt den Papagei schwarz, nur um seine Frau zu ärgern. Noch etwas: in der Schlußszene vernimmt Scott keinen Schrei, sondern er hört, wie der Papagei ruft: »Sie ist hier, sie ist hier!« Der Rest kann so bleiben. Gruß, Wilmer.
PS: Ich habe es mir anders überlegt. Ich werde Calisto bitten, ein paar Umarbeitungen vorzunehmen und das Exposé für die Serie *Horrormonster* zu verwenden. Schicken Sie noch heute ein anderes Exposé.

In den folgenden Tagen war ich von einem Gefühl des Wohlbehagens erfüllt, alles schien gut zu laufen, ich fühlte mich ruhig, glücklich, im siebten Himmel. Jeden Morgen kam Fúlvia auf einen Sprung zu mir in die Wohnung, wir kuschelten uns in die Laken, liebten uns, alles war köstlich, sie las meine sämtlichen Bücher, las sie wirklich, mit einer unglaublichen Genauigkeit, gab Kommentare ab, machte Vorschläge, und das war zwar gut, unheimlich gut, aber unheimlich unnütz, da ich sie ja weder mehr umschreiben konnte noch wollte. Fúlvia interessierte sich nicht für blutdürstige Psychopathen. Sie konnte kalauernde Schlaumeier als Detektive nicht ausstehen. Ihre Vorliebe galt solchen Mordfällen, bei denen Opfer und Täter sich kannten, Verbrechen aus Leidenschaft, hinterhältige Teilhaber; sie liebte auch Gift und teuflische Weiber, die zerbrechliche männliche Wesen verführten und ins Verderben lockten. Über nichts diskutierte sie lieber als über das perfekte Verbrechen, ob es nun ohne Vorsatz begangen wurde, das Gelegenheitsverbrechen, wie die Fachleute sagen, oder das bis in alle Details geplante. Sie las mehrfach *Eisenbahn in den Tod* von Martin Clark. Deine Bücher sollten in Buchhandlungen und nicht an Zeitungskiosken verkauft werden, sagte sie, die Druckqualität müßte besser sein. Mir machte es nichts aus, daß sie an Zeitungskiosken verkauft wurden.

Zu jener Zeit, muß dazu gesagt werden, schrieb ich zwar Bücher, aber ich war kein Schriftsteller, ich war eher so eine Art Arbeiter in der Konservenabfüllung einer Wurstfabrik. Wir hatten eine Frist, um unsere Bücher, die Würstchen, abzuliefern, zwei Wochen und keinen einzigen Tag länger. Es machte mir nichts aus, meine Geschichten bei den Klassikern zu klauen, tatsächlich hatte ich das Gefühl, damit ein gutes Werk zu tun, ich verschaffte so den weniger privilegierten Lesern die

Gelegenheit, Shakespeare, Chesterton, Poe und viele andere wichtige Schriftsteller zu lesen. Ich hatte mir die Mühe gemacht, am Kiosk stehenzubleiben und zu beobachten, wer meine Leser waren. Leute jeden Typs, solche, die wie Botenjungen aussahen, eine traurige Frau mit dem Gesicht eines Hausmütterchens, nervöse Frauen, die wie Kosmetikerinnen aussahen, Makler von irgendwas, die schwarze Aktenmappen bei sich trugen. Leute, die niemals im Leben Klassiker lesen würden. Ich tat diesen Leuten einen Gefallen, das war die Wahrheit.

Mit einem Wort, alles lief bestens.

An meinem Geburtstag kam Fúlvia mit einem großen roten Paket mit goldener Schleife nach Hause. Drinnen lag zusammengerollt eine Wasserschlange, eine Sucuri von ein Meter zehn Länge, gelblicher Färbung und mit zwei Reihen runder schwarzer Flecken auf dem Rükken. Sie frißt gerne Wasserschweine, sagte Fúlvia. Ich wollte sie nicht annehmen, kommt überhaupt nicht in Frage, rief ich, nimm dieses Vieh bloß wieder mit. Nein, sagte sie, sie frißt die Wasserschweine erst, wenn sie groß ist, und du kannst sie statt mit Wasserschweinen auch mit Kaninchen füttern, oder mit ein paar Mäusen. Nein, sagte ich. Viele Leute züchten Schlangen, sagte sie, ich tue es, die Europäer tun es, in den USA ist ein regelrechtes Fieber ausgebrochen, ich helfe dir dabei, das Terrarium zu bauen. Ich glaube, lieber nicht, antwortete ich, meine Mutter hat bestimmt Angst vor Schlangen. Deine Mutter kommt doch nie hier rein, sagte Fúlvia, sie verläßt überhaupt nicht ihr Zimmer, ich bin seit drei

Monaten mit dir zusammen, und ich habe deine Mutter erst zweimal gesehen, sie tut nichts außer beten, die Ärmste. Wir hängen ein Stoffrollo vor das Regal, sagte sie, und wenn deine Mutter auftaucht, lassen wir es herunter.

Fúlvia brachte mich dazu, Verkleidungsmaterial, Schlupf- und Futterkasten, Heizplatten, Behälter, einen Drahthaken zum Hochnehmen der Schlange, alles mögliche zu kaufen. Wir räumten zwei Reihen Bücher aus dem Regal, und ich stellte die Kästen hinein. Nach ein paar Tagen fing das Ganze schon an, mir Spaß zu machen.

Was das Schlangenzüchten interessant macht und es von dem unterscheidet, was mit allen anderen Tieren passiert, ist, daß es nicht so eine lästige Beziehung gibt, weder dieses krankhafte Bedürfnis von Katzen danach, gestreichelt zu werden, noch diese Ergebenheit, die ein Hund seinem Herrchen gegenüber empfindet, das ist ein Vorteil. Und etwas anderes Gutes ist die Kontemplation, die man sich angewöhnt. Kaninchen, Vögel und Katzen betrachten wir nicht mit solcher Versunkenheit, nur Schlangen ziehen uns auf diese Weise an, zwingen uns dazu, sie anzuschauen und zu bewundern. Das teuflische Charisma der Schlange und ihre erschreckende Schönheit üben eine außergewöhnliche Macht auf uns aus. Mitunter saß ich am Computer und schrieb an meinen Geschichten, und auf einmal spürte ich einen Stich. Komm her, befahl sie, die Sucuri. Die zwiegespaltene Zunge. Schau mir in die Augen. Hypnotisiert ließ ich mich vor dem Terrarium nieder. Bete

mich an. Riesige Augen, wimpernlos. Bete mich an. Ich kann mich noch heute an das erste Mal erinnern, als ich sie hochnahm. Ich spürte die kalte Berührung ihrer Haut, wie sie über meinen Arm glitt. Sie wand sich mir um den Hals, schlängelte meinen Rücken entlang. Genau, sagte Fúlvia, laß sie sich an dich gewöhnen. Und dann entleerte sie sich auf mir. Das ist ganz normal, erklärte Fúlvia, sie ist auf der Hut.
Ich fand mit der Zeit wirklich Gefallen an der Sache. Wie schon gesagt, besaß Fúlvia eine Sammlung mittlerer Größe, mit seltenen Arten, die sie von Schmugglern gekauft hatte, die im Institut auftauchten. Sie verbrachte täglich zwei Stunden damit, sich um ihre Schlangen zu kümmern, Fütterung, Reinigung, lauter solche Dinge, und sie redete auch mit den Schlangen, nicht, weil ich mich gerne mit Schlangen unterhalte, sagte sie, sondern weil man bei mir zu Hause mit Schlangen besser reden kann als, na ja, lassen wir das, meinte sie.
Eines Tages schlug Fúlvia vor, daß wir unsere Schlangen auf einen Ausflug in irgendeinen Park mitnehmen sollten. Sie holte mich mit dem Auto zu Hause ab, ganz frühmorgens, vor sieben Uhr, und wir fuhren zur Cidade Universitária, ich und meine Wasserschlange und Fúlvia und ihre Albinopython aus Burma. Wir ließen die beiden auf dem Rasen frei und blieben händchenhaltend sitzen, küßten uns und sahen zu, wie unsere Schlangen sich in der Sonne wärmten. Wir wiederholten unseren Ausflug noch ein paarmal, bis eines Tages eine sportliche Studentin, eine dumme Ziege, die dort joggte, unsere Schlangen erblickte und schreiend vom

Campus lief, diese blöde Kuh. Wir mußten unsere Reptilien Hals über Kopf verstecken, und Schlangen sind sehr sensibel, sie geraten leicht in einen Mordsstreß, meine Sucuri fraß nach diesem Ereignis fast drei Wochen lang nicht.

Ich habe vor meiner Sucuri niemals Angst gehabt, aber in den ersten Tagen, wenn wir, meine Sucuri und ich, zusammen schliefen, habe ich geträumt, daß sie mich von Kopf bis Fuß einwickelte, ganz langsam, und meine Knochen mit unglaublicher Kraft zermalmte. Ich erwachte jedesmal mit dem gleichen Gefühl, gelähmt vor Schrecken, und eine eisige Flüssigkeit lief meinen Leib hinunter.

Ich erzählte Fúlvia davon, prima, meinte sie, verwende dieses Angstgefühl, um deine Verbrechen und deine Figuren zu beschreiben. Mach was draus, sagte sie.

5

Von Anfang an bestimmte ich, wo's lang ging. In Wirklichkeit gibt es in der Liebe keinen Zufall. Wir sind es, die die Liebe erfinden. Sicher, wir haben einen instinktiven Riecher für die Richtung, unsere Hormone sind der Wegweiser, wir malen uns den Ort aus, wo sie, die Liebe, sein könnte, und wir legen unsere Hand hinein, um zu sehen, was passiert. Normalerweise ist da nur ein Hohlraum und weiter nichts. Ich begegnete Fúlvia Melissa. Sie erzählte mir, daß ihr in erster Linie meine manischen Augen gefallen hätten, als wir uns zum ersten Mal im Schlangenzuchtinstitut sahen. Es war, als würde dein Blick in mein Fleisch eindringen, sagte sie, als ob er mein Fleisch durchbohren wollte. Du sahst wie ein Fleischbeschauer aus, wie ein Marketender, ein Pferdehändler. Sie sagte außerdem, daß ich Stärke besäße, Männlichkeit, und daß ich den Gang eines Affen hätte und daß sie das von Anfang an gemocht hätte. Frauen vergöttern Männer, die sich wie Affen bewegen. Noch bevor du mich ausgesucht hast, hatte ich mir bereits dich ausgesucht. Gleich am selben Tag kam sie mit dieser Geschichte, die mir die Haare zu Berge stehen ließ. Ich hatte noch niemals darüber nachgedacht. Wirklich noch nie. Es war Fúlvia, die damit anfing. Sie fragte, ob ich an meine Theorie von den drei grundlegenden Faktoren für das perfekte Verbrechen glaubte. Ich konnte mich nicht daran erinnern, das geschrieben zu haben. Willst du's hören? fragte sie. Das steht in deinem Buch *Eisenbahn in den Tod.* Sie zog es aus dem Regal und fing an zu lesen: »Sie überlegen, ob Sie Ihren Ehemann im Swimmingpool ertränken sollen? In zwei Tagen fliegt alles auf. Das ist dilettantisch. Wollen Sie's richtig machen? Regel Nummer eins: suchen Sie sich einen Komplizen. Jeder Mensch braucht Hilfe, niemand zieht sich ohne Komplizen aus der Affäre, es sei denn natürlich, daß Sie alles gestehen und Notwehr geltend machen. Regel Nummer zwei: Sie, die Mörderin, müssen gut informiert sein, alles über das Opfer wissen, und zwar alles, absolut alles. Regel Nummer drei, die goldene Regel: seien Sie kühn, wenn Sie Ihren Mann umbringen wollen. Schauen Sie, wie die Profis es machen. Zuerst bereiten sie den ganzen Zirkus vor. Die Freundin von dem Typ, das ist wichtig, muß zu der Mörderbande dazugehören. Gegen Abend ruft die Frau bei den Mördern an und erzählt haarklein, was sie vorhaben, daß sie ins Kino gehen werden, in die und die Vorstellung um soundsoviel Uhr. So weit, so gut. Irgendwann kommt das Paar im Auto angefahren. Europa-Kino. Direkt auf der gegenüberliegenden Straßenseite ist eine Lücke frei, genau dort parkt das Opfer. Die beiden steigen aus dem Auto aus, und er steckt die Schlüssel in seine Tasche. Und dann, die ganze Welt schaut zu, dort, vor aller Augen, kommen die Typen angerückt. Die Killer. Haufenweise Leute sind da, die gucken, Paare, Popcorn-Verkäufer, Kassierer, alle da, und sie, die Mörder, zögern keine Sekunde, schießen ihre Kugeln ab, erbarmungslos. Das Opfer wird von oben bis unten durchsiebt, zwanzig, dreißig Kugeln. Es bricht zusammen. Die Kerle hauen ab, zu ihrem Plan gehört auch ein Auto mit Fahrer. Natürlich haben sie alle schon ein fix und fertiges Alibi. Die Polizei kennt die Täter. Sie nimmt alle fest, schlägt alle zusammen, aber es gibt da eine Kleinigkeit, die sich Habeas Corpus nennt. Es läßt sich nicht beweisen, wer die Schuldigen sind. Und alles endet gut, alle kommen ungeschoren davon.«

Fúlvia fragte mich, ob das stimme, ob es eine wirksame Methode gebe, einen Menschen umzubringen und der Polizei zu entwischen. Ich antwortete, daß es in Brasilien noch am einfachsten sei, daß sie ihren Mann ruhig im Swimmingpool ertränken könne, wenn sie wolle. Das werde ich tun, erklärte sie. Sie sagte es einfach so dahin, ohne irgendeine Einleitung, ohne irgendeine Erklärung, nichts dergleichen, ihr einer Fuß ruhte auf dem Knie, die Hand auf dem Bauch, alles ganz zwanglos.

Fúlvia hatte niemals schlecht über Ronald geredet, das hatte mir übrigens von Anfang an gefallen. Eine Frau büßt sechzig Prozent ihres Charmes ein, wenn sie anfängt, schlecht über ihren Mann zu reden. Deshalb nahm ich diese Bemerkung nicht ernst, als sie sagte, sie würde Ronald ertränken, ich ignorierte sie, stand auf, stellte den Computer an, ich werde arbeiten, sagte ich. Ich verschwendete keinen einzigen Gedanken mehr an die Sache.

All das geschah zu Beginn des Jahres. Aber erst im Juni eröffnete sie die Partie. Genau so war es, so spielten sich die Dinge ab. Meine Wasserschlange war aus ihrem Terrarium entflohen. Ich rief Fúlvia an und bat sie, mir dabei zu helfen, sie einzufangen, es war das erste Mal, daß so etwas passierte. Fúlvia kam zu mir in die Wohnung, wir verabreichten meiner Mutter ein Schlafmittel, warteten, bis sie schlief, und legten überall im Flur, im Bad, im Wohnzimmer Tüten aus dem Supermarkt aus. Wenn die Schlange mit dem Plastik in Berührung käme, gäbe es ein Geräusch, und auf diese Weise würden wir sie lokalisieren können. So sollte das Einfangen funktionieren, hatte Fúlvia irgendwo gelesen. Wir löschten alle Lichter und setzten uns aufs Sofa, hielten uns bei den Händen und warteten darauf, daß meine Schlange sich bewegte. Vollkommene Stille, ich spürte nur Fúlvias Atem.

Ich packte ihr Knie, zieh dich aus, sagte ich. Nein, antwortete sie, sei still, wir müssen die Schlange finden. Zieh dich aus, sagte ich, laß uns uns hier auf dem Sofa lieben. Und deine Mutter? Die schläft, sagte ich; und die Sucuri? fragte sie, ich tastete mich vor, schob meine Hände unter ihre Bluse, tastete mich voran, sie wisperte in mein Ohr, stöhnend, ist dir schon was eingefallen, um Ronald umzubringen? Ich stand auf, knipste das Licht an. Mach das Licht aus, sagte sie, du verschreckst die Sucuri. Ich ließ es brennen. Er mißhandelt mich, er verprügelt mich. Trenn dich, sagte ich. Genau das habe ich die ganzen letzten Jahre versucht, aber er läßt mich nicht in Frieden, er droht, mich zu töten. Nein, sagte ich, das ist mein letztes Wort. Er weiß Bescheid, erklärte sie und löschte das Licht. Bescheid worüber? Ich knipste das Licht wieder an. Über uns beide, er weiß, daß wir ein Verhältnis haben, mach endlich diese blöde Lampe aus. Leugne einfach, sagte ich. Du kapierst wohl nicht ganz, er hat keinen Verdacht, er weiß es. Lüg ihn an, sagte ich, denk dir was aus, mach irgendwas, aber komm mir nicht mit dieser Bitte. Heißt das, daß ich es alleine tun muß? Ist es das, was du mir damit sagen willst? Du bist ein Mann, du verführst mich, ich habe dir absolut alles beigebracht, was ich über Schlangen, über Gifte, Toxine wußte, du verführst mich, du hattest keine Ahnung von Toxinen, von grausamen Todesarten, ich war deine Lehrerin, ich habe dir geholfen, habe dir eine Schlange geschenkt, sagte sie und machte dabei das Licht wieder aus, eine Sucuri, und jetzt erzählst du mir, daß du meinen Mann nicht umbringen willst? Was redest du da? sagte ich und machte das Licht wieder an, das eine hat mit dem anderen doch überhaupt nichts zu tun.

Oh doch, du hast mir gesagt, daß du mich liebst, und jetzt willst du abspringen. Beihilfe zum Mord, sagte ich, und um so etwas bittest du mich. Ich bitte dich, mir dabei zu helfen zu leben, erklärte sie, er wird mich umbringen, wenn du ihn nicht tötest. Du hast mir nie irgendwas gesagt, und jetzt willst du auf einmal, daß ich deinen Mann um die Ecke bringe. Ich habe dir sehr wohl etwas gesagt, ich habe dir erzählt, daß ich verheiratet bin. Ja, verheiratet hast du gesagt, aber du hast mir nie davon erzählt, daß Ronald dich verprügelt. Und die blauen Flecken? Was für Flecken? wollte ich wissen. Du selbst hast mich doch ständig gefragt, was ist das für ein

Fleck? Die kamen von den Prügeln, oder willst du mir etwa weismachen, daß dir nie ein Verdacht gekommen ist? Nein. Du Lügner, du wußtest, daß er mich verdrischt. Nein, wirklich nicht. Und als mir der Zahn zerbrochen ist? Was hast du da gedacht? Ich habe geglaubt, was du mir erzählt hast, ein Sturz im Schwimmbad. Du bist der einzige, der das geglaubt hat, nicht mal mein Zahnarzt hat's geglaubt, der hat diese Lügengeschichte nicht geschluckt. Es reicht, sagte ich. Erst verführst du mich, und jetzt läßt du mich sitzen. Ich lasse dich nicht sitzen, ich sage nur, daß ich kein Mörder bin. Feigling, sagte sie, du Feigling, ich werde ihn alleine umbringen, mach dir keine Sorgen, ich bringe ihn für uns beide um, bleib du nur hier und schreib deine feinen Bücher, deine netten Krimis, du Feigling, ich kriege ihn auch alleine tot. Und peng, knallte sie die Tür zu und ließ mich wie angewurzelt im Wohnzimmer stehen.
Zu jener Zeit war ich bereits verrückt nach Fúlvia. Wenn wir im Bett lagen, sagte ich, wenn ich in dich eindringe, dann schreit alles in mir, mein Blut, meine Zellen, meine Atome, meine Elektronen: ich liebe diese Frau. An die anderen Frauen konnte ich mich nicht einmal mehr erinnern. Fúlvia tauchte auf, einer wilden, riesigen Meereswoge gleich, wie man sie im Fernsehen sieht, die alles unter sich begräbt. Ich war nur einfach nicht in der Lage dazu, jemanden umzubringen. Über erstunkene und erlogene Verbrechen zu schreiben war eins; einen Menschen zu töten, den Abzug zu betätigen, das Messer hineinzurammen, ihn zu erwürgen oder was auch immer, das war etwas völlig anderes.

Ich wurde durch eine Megaphonstimme wach. Mandarinen, japanische Mandarinen, süß, honigsüß, hier gibt's Mandarinen, unsere Mandarinen, die sind schmackhaft, vier Kisten japanische Mandarinen zwei Real, zwei Real die Kiste, Apfelsinen, hier gibt's Apfelsinen mit dünner Schale, zuckersüße Apfelsinen mit dünner Schale. Eine andere Stimme, die einer Frau, antwortete, ebenfalls über Megaphon, dickschalige Apfelsinen, hier gibt's faule Apfelsinen, teure Apfelsinen, unsere Apfelsinen sind teuer und sauer, hier gibt's Japaner, saure Mandarinen, hier gibt's Obst aus der Hölle. Ich erkannte die Frauenstimme, es war meine Mutter. Ich kletterte aus dem Bett, öffnete die Jalousien und sah einen Japaner in einem Kombi mit einem Megaphon in der Hand, süße Baummelonen, rief er, faule Baummelonen, antwortete meine Mutter, gleichfalls mit dem Megaphon in der Hand, aus dem Fenster nebenan. Erstklassige Papayafrüchte, pries er, faule Papayas aus der Hölle, antwortete meine Mutter, süße Orangen, schrie er, wurmstichige Apfelsinen, erwiderte meine Mutter. Einige Anwohner aus der Gegend sahen dem Spektakel aus dem Fenster gelehnt zu und amüsierten sich über das Verhalten meiner Mutter. Ich zog ein T-Shirt über, ging auf den Flur, klopfte an ihre Schlafzimmertür, sie überhörte mich, faule Papayas, schrie sie, faule Papayas vom Japaner. Ich kehrte zu meinem Fenster zurück. Die Nachbarn lachten. Der Händler versuchte, mit seiner Megaphonstimme ein Abkommen zu treffen, liebe Freundin, haben Sie Mitleid, sagte er. Ich bin nicht deine Freundin, du Japse, antwortete meine Mutter.

Der Händler verstaute sein Megaphon, stieg ins Auto, startete und fuhr davon. Den Nachbarn gefiel's. Sie klatschten Beifall. Danke, Leute, rief meine Mutter, morgen knöpfe ich mir den Maiskuchenverkäufer vor. Diese fliegenden Händler machen mich ganz verrückt, sagte sie, als sie ihre Schlafzimmertür öffnete; mal ist es Maiskuchen, dann ist es der Topfhändler, dann der Scherenschleifer, dann die Trauben aus Jundiai, ich komme überhaupt nicht mehr zum Beten.

Ruf bei der Stadtverwaltung an, wenn du dich über die fliegenden Händler beschweren willst, Mutter, sagte ich. Den Teufel werde ich tun, gab sie zurück, ich werde das machen, was sie auch machen. Ich schreie. Gott war derjenige, der mich auf diese Idee gebracht hat. Ich betete gerade und konnte mich wegen des Obstverkäufers nicht konzentrieren, da sprach Gott zu mir und sagte, kauf ein Megaphon und mach's wie er, erklärte meine Mutter und drückte das Megaphon zärtlich an die Brust.

Ich duschte, bereitete das Frühstück für meine Mutter. Als ich schon gehen wollte, sah ich Fúlvias Schlüpfer auf dem Sofa. Ich steckte ihn in die Tasche und fuhr direkt ins Institut.

6

Von: José Guber *An:* Wilmer da Silva

Der Spiegel, von Ed Mason

Wilmer,
ich bin gerade dabei, Ihre Anregung, eine persönlich gehaltene Erzählung zu schreiben, zu verwerten. Dazu möchte ich Ihnen sagen, daß ich Ihre Anregung sehr positiv fand.
Stellen Sie sich einen dicken Pfarrer mit unschuldigem Gesicht vor, der in der Ichform die folgende Geschichte erzählt:
Eine Schauspielerin ist ermordet worden. Drei Personen haben den Mörder im Flur des Theaters, der zur Künstlergarderobe führt, gesehen. Ich bin eine dieser Personen gewesen. In der Passage war es einigermaßen dunkel, keiner konnte genau sehen, was geschah. Die Ermittlungen beginnen. Wir werden vor den Richter gerufen, um auszusagen. Der erste Zeuge sagt folgendes: Ich bin mir sicher, daß der Mörder eine Frau war. Von ihrem Kopf stand irgend etwas Merkwürdiges ab, Haar vielleicht, wenn man so was als Haar bezeichnen kann. Der zweite Zeuge erklärte, er wisse nicht, ob der Mörder eine Frau

oder ein Mann gewesen sei. Der Mörder habe eher wie ein Raubtier ausgesehen. Das Tier sei stämmig gewesen und habe einem Orang-Utan geähnelt. Als der Richter mich fragte, ob ich den Mörder ebenfalls gesehen hätte, bejahte ich. Der Mann, den ich gesehen habe, war ich selbst, sagte ich. Wie das? fragte der Richter. Am Ende der Passage befand sich ein Spiegel, sagte ich, in der Nähe der Stelle, wo die Leiche der Frau lag, deshalb war der Mann, den ich gesehen habe, ich selbst, es war mein eigenes Bild, das der Spiegel zurückgeworfen hat. Das heißt, sagte der Richter, daß der erste Zeuge, als er dieses Tier mit den Dingen, die von seinem Kopf abstanden, sah, sich selbst beschrieben hat? Ja, sagte ich. Das bedeutet, fragte der Richter, daß dieser Herr, der den stämmigen Orang-Utan gesehen hat, in Wirklichkeit sich selbst im Spiegel erblickte?

Von: Wilmer da Silva *An:* José Guber

Guber,
selbst ein Kind weiß, daß diese Geschichte keinen Roman ergibt. Es fehlt ihr an Fleisch. Sie haben nur noch zehn Tage, um mir ein Buch abzuliefern.

Sie ist nicht zur Arbeit erschienen, sagte das unscheinbare weibliche Wesen im Empfang vom Institut. Draußen strahlte die Sonne, und ich wußte nicht, was ich mit mir anfangen sollte. Ich konnte lediglich Fúlvias

Slip in meiner Tasche zerknüllen und Kaffee trinken, einen nach dem anderen, Kaffee mit Süßstoff, insgesamt acht Espresso, ich hörte nur wegen des Herzrasens auf. Eine Sonne zum Verrücktwerden. Ich ging zu einem öffentlichen Fernsprecher und tat etwas, das ich bis zu diesem Augenblick noch nicht zu tun gewagt hatte. Ich rief bei Fúlvia zu Hause an. Eine Männerstimme war am Apparat. Ich legte auf.

An der Tür zum Institut blieb ich stehen, ohne zu wissen, was ich tun sollte; ich wollte ihr sagen, daß einer Frau, wenn sie mit dem Gedanken spielt, ihren Mann umzubringen, zuerst einfällt, einen Überfall vorzutäuschen. Eine klassische Szene, sie läßt die Küchentür offen, der Mörder schlüpft heimlich hinein, geht ins Wohnzimmer, und noch bevor der Ehegatte überhaupt begreift, was gerade passiert, ist er auch schon tot. Die Ermittlungen beginnen, und sie entdecken, daß die Tür zur Küche nicht aufgebrochen worden ist, daß die Kinder am Tag des Verbrechens bei der Großmutter übernachtet haben, und den Hund haben sie mitgenommen, und die Köchin hatte an diesem Abend frei. Die Art und Weise, wie die Polizei den Mörder findet, ist ebenfalls klassisch. Während eines Blitzeinsatzes in einer Favela verhaftet die Polizei einen Jungen, als er gerade Drogen kauft. In seiner Brieftasche ein von der Witwe ausgestellter Scheck. Gerichtsverhandlung und Verurteilung. Das war es, was ich Fúlvia erzählen wollte. Ich rede mit deinem Mann, wenn du willst. Wir besorgen dir einen Anwalt. Du ziehst zu mir in die Wohnung, bis sich alles beruhigt hat. Das wollte ich sagen.

In dem Moment ging die Tür vom Institut auf, und Fúlvia erschien im Garten. Mir fiel auf, daß ihr rechter Arm verbunden war. Auf dem anderen trug sie zwei Mäusekäfige. Sie betrat das Terrarium. Die Schlangen, die auf dem Rasen verteilt lagen oder sich um die Äste der Bäume gewunden hatten, reagierten nicht auf ihre Anwesenheit. Fúlvia bückte sich und ließ die Mäuse aus den Käfigen frei. Erst da bemerkte sie mich. Ich ging auf sie zu. Sie lehnte sich an das Mäuerchen des Terrariums und fragte, ob ich schon mal gesehen hätte, wie Schlangen angreifen. Es ist schön, sagte sie. Mir fiel ein Schnitt mit einem bläulichroten Fleck an ihrer rechten Augenbraue auf. Wie ist das passiert? fragte ich. Fúlvia seufzte niedergeschlagen, sie sagte, die Dinge würden sich immer mehr zuspitzen, und es wäre besser, wenn wir uns nicht mehr sähen. Geh, sagte sie, verschwinde. Es ist besser so.
Ich ging nicht. Verschwand nicht. Und um die Wahrheit zu sagen, dachte ich nicht im Traum daran.
Laß uns zu mir gehen, schlug ich vor, mit diesem Arm kannst du sowieso nicht arbeiten.

7

Wilmer, Herausgeber der Reihe Feuerspeier, las mir, auf der Tischkante sitzend, mit lauter Stimme ein weiteres Exposé vor, das ich ihm am vorangegangenen Morgen in aller Herrgottsfrühe zugeschickt hatte. Hören Sie bloß das hier, Guber. Ich werde Ihnen mal den Blödsinn vorlesen, den Sie geschrieben haben: »Vor uns haben wir eine alte Wucherin, hinfällig und unnütz. Wenn Igor, ein mittelloser Student, sie umbringen würde, könnte er ihr Geld rauben und etwas tun, das für die Gesellschaft von Nutzen wäre. Wie wäre ein solches Vorgehen zu beurteilen? Ist es lediglich ein Verbrechen? Igor könnte mit dem Geld der Alten studieren, Philosoph werden, ein Denker, Schöpferisches vollbringen, Revolutionäres. Die Alte ist, wie gesagt, ein wertloses Stück Fleisch, eine, die den Armen das Blut aussaugt, wozu taugt ein solcher Mensch schon? Wozu ist sie der Gesellschaft nütze? Zu nichts, das steht fest. Wird Igor die Alte töten? Ja, Igor wird die Tat begehen. Igor bringt auch noch die Schwester der Alten um, ebenfalls eine Parasitin, so daß wir es nicht nur mit einem, sondern mit zwei überaus blutrünstigen Verbrechen zu tun haben. Igor bleibt unbehelligt. Und nun beginnen seine Qualen. Gewissensbisse und Reue. Ein kluger Polizist, Fjodor Negrev, sieht den Moment kommen, in dem diese Ausgeburt der Menschheit vom Gewissen gepeinigt die Schuld an dem Verbrechen auf sich nehmen wird.« Sagen Sie mal ehrlich, finden Sie das spannend? Eine Geschichte, die in Rußland spielt; ich habe noch nie etwas vom russischen Kriminalroman gehört, sagte er. Ich glaube, die wissen nicht mal, was das ist, mit Rußland ist es doch vorbei. Sie nennen mich Vilmer? Seit fast zwei Jahren sind Sie jetzt hier und wissen immer noch nicht, wie ich heiße? Mein Name kommt aus dem Englischen, Uilmer, das W hört sich wie U an. Sie sagen ja auch nicht Vashington, sondern Uashington. Mit meinem Namen ist es genauso. Meine Mutter war nämlich Engländerin. Für unsere Leser ist es seit dem Fall der Berliner Mauer mit Rußland vorbei, so sieht es aus. Wer will schon was von Schuld und Sühne wissen? Wir wollen Action. Blut. Gewalt. Sie haben bereits vierzehn Bücher geschrieben und das immer noch nicht kapiert? Haben Sie nicht Van Dines Regeln gelesen? Sie stehen bei uns an der Wand, die Regeln von Van Dine. Ein Krimi braucht eine Leiche, und je toter sie ist, desto besser. Und es darf nicht eine x-beliebige Leiche sein. Wie wollen wir wohl das Rachegefühl bei unseren Lesern wecken, wenn es eine lästige, überflüssige alte Schachtel ist, die umgebracht wird? Wenn so ein altes Weib stirbt, klatschen die Leute doch Beifall. Und noch etwas: ein spektakuläres Verbrechen ist eines, das von einem Stützpfeiler aus Kirche oder Politik verübt wird, von einer Nonne, einer von Berufs wegen mildtätigen Person, einem Gouverneur, Van Dine hat das behauptet, es steht an der Wand, man muß es nur lesen,

und Sie liefern mir als Mörder einen dummen, abgebrannten Studenten, der zu allem Überfluß auch noch Russe ist? Sie müssen nur mal Van Dines Regeln lesen. An der Wand stehen sie geschrieben, goldene Regeln, und die wichtigste ist: ein Detektivroman muß einen Detektiv haben, jemanden, der die Spuren zusammenträgt und auf denjenigen zeigt, der das Schlamassel angerichtet hat. Wenn der Leser schon weiß, wer die Alte getötet hat, wozu dann noch der Detektiv?
Ich hatte mit dem Gedanken gespielt, Wilmer um einen Vorschuß zu bitten, und nun mußte ich mich in aller Stille und mit leeren Händen trollen. Es herrschte nicht das richtige Klima an diesem Tag. Wilmer schaute mich in letzter Zeit immer mit einem sehr eigenartigen Gesichtsausdruck an. Vielleicht wußte er, daß ich pleite war.
Die neue Sekretärin von Wilmer war auf dem Flur, als ich ging. Bildschöne Beine. Der Typ ist durch und durch Mulatte, sagte sie, und erzählt ständig, er sei Engländer; daß ich nicht lache, Engländer, er ist ein Mischling. Der Kerl hat gelbe Augen wie ein Schwarzer und faselt davon, er sei Engländer. Ich habe noch nie einen englischen Mulatten gesehen. Ich bin eine Weiße mit blauen Augen, eine echte Deutsche. Ich heiße Ingrid, und Sie sind Guber, ich weiß schon. Möchten Sie einen Kaffee?
Ich hatte keine Zeit zu verlieren, Fúlvia wartete auf mich.

Um sechs Uhr parkten wir den Wagen an der Ecke des Baumarktes Colombina, der einen ganzen Block an der

Avenida Lutero Mendes einnahm. Sieben Registrierkassen, zwei Parkwächter und zwei Sicherheitsleute. Laut Fúlvia gab es noch zwei weitere, nicht ganz so große Colombina-Märkte in São Paulo, in jedem Falle aber ging es Ronald finanziell gut. Ich mache mir überhaupt nichts aus Geld, erklärte sie, aber Tatsache ist, daß wir ein bißchen was erben werden, wir werden deine Mutter in ein Heim geben können. Und du kannst, wenn du willst, weiter Bücher schreiben, ich veröffentliche sie dann, Geld wird nicht das Problem sein.

Das kränkte mich. Es gibt nichts, was einen mehr auf die Palme bringen kann als Leute, die einem mit ihrem Geld vor der Nase herumwedeln, vor allem dann, wenn man gerade welches braucht. Entschuldige bitte, sagte Fúlvia, ich habe nur versucht, das Positive an der Sache zu sehen. Ich will meine Mutter nicht ins Heim geben, sagte ich. Natürlich nicht, wir geben sie nicht ins Heim. War nur so eine Idee.

Untersetzt, nicht besonders gut aussehend, unförmige Füße, so stellte ich ihn mir vor. Wenn ich meine Augen schloß, konnte ich ihn vor mir sehen in seiner Tenniskluft, die Socken bis zum Schienbein hochgezogen, mit dem Schläger über der Schulter. Es war nicht schwer, sich seinen dicken Wanst auszumalen, erfolgreiche Kaufmänner haben immer einen Bauch, den setzen sie an, wenn sie mit dem Vögeln aufhören oder umgekehrt. Siehst du ihn? Das ist er, der im Polohemd, sagte Fúlvia. Ronald war vollkommen anders, als ich gedacht hatte. Hochgewachsen, schlank, elegant, ein jugendlicher Ehemann mit harmlosem Hundeblick. Bei den Füßen konnte ich nicht überprüfen, ob sie so klobig waren, wie Fúlvia beschrieben hatte. Jedenfalls wäre ich niemals auf die Idee gekommen, daß jemand wie er Frauen verprügelte.

Er stieg ins Auto und fuhr davon. Wortlos schauten wir eine Weile dem Treiben vor dem Geschäft zu.

Wir müssen uns eine Kröte besorgen, sagte ich.

Das Wort *Verbrechen* nahmen wir nicht in den Mund, wenn wir über unseren Plan sprachen. Wir redeten davon, »das Ding zu drehen«. Und das »Ding« war ganz einfach: Wir würden einen Unfall mit einer Schlange in einem Plantagenhotel im Landesinneren von São Paulo vortäuschen. Die Idee war nicht neu, schon seit längerer Zeit war Fúlvia damit beschäftigt, jedes Detail zu planen, jedoch sagte sie gerne, daß sie alles meinem Buch *Tödliche Schlangen* entnommen hätte. Ich hatte überhaupt kein Buch mit dem Titel *Tödliche Schlangen* geschrieben, ich war nicht einmal so weit gediehen, ein entsprechendes Exposé vorzulegen; ich hatte Fúlvia zu der Zeit, als unsere Verwicklung miteinander begann, lediglich erzählt, daß ich in Gedanken an einer Geschichte bastelte, in der der Mörder Schlangen als Waffen einsetzte, den Rest hatte sie alleine zustande gebracht, einschließlich des Titels, der von ihr stammte.

Später im Bett, nach dem Sex, überhäufte Fúlvia mich mit Lob, meinte, ich sei Spitze. Spitze worin? fragte ich. In Sachen Verbrechen, antwortete sie, du beherrschst die Konstruktion des Gerüsts, du überlegst dir die Details, die Folgen, Alibis, Waffen, alles. Wieso habe ich nicht an die Kröte gedacht? fragte sie; eine Kröte – das ist perfekt. Mein Vater sagte immer, eine Kröte kommt dann ins Haus, wenn sie vor einer Schlange auf der Flucht ist; in einem Plantagenhotel gibt es Kröten und Schlangen. Den Kommissar, der das Gegenteil behauptet, möchte ich sehen. Versprichst du mir, daß du nicht kneifen wirst? Ja, antwortete ich. Dann sag's. Ich verspreche, daß ich Ronald umbringen werde, sagte ich. Und daß du mir niemals untreu wirst, bat sie. Niemals, schwor ich. Sag: ich verspreche, daß ich ihm die Füße abhacken werde. Wie bitte? Ich hasse seine Füße, erklärte sie, sie sind der Teil, vor dem ich mich am meisten ekle. Die Füße und das Gesicht, du hast mir versprochen, daß du seine Füße abhacken würdest. Das habe ich gesagt? fragte ich. Ja, antwortete sie, gestern, im Bett.

Das stimmte. Ich hatte es gesagt.

8

Von: José Guber *An:* Wilmer da Silva

Wer hat Larry Manson auf dem Gewissen? von Richard Carr

Der Multimillionär Larry Manson stirbt unter mysteriösen Umständen in seinem Büro. Es gibt eine ganze Reihe von Verdächtigen, den Butler, Verwandte, Erben, Zimmermädchen, Serviererinnen, Portiers etc. Der mit einem genialen Vorstellungsvermögen begabte Detektiv Dashiel Traver wird gebeten, die Ermittlungen zu leiten. Vernehmungen, Hausdurchsuchungen, die übliche Geschäftigkeit. Und dann die Überraschung. Wer ist der Mörder? Der Butler? Nein. Der Erbe? Nein. Der Mörder ist schlicht und einfach der Erzähler der Geschichte selbst, der Arzt Roger Cain, ein enger Freund von Larry Manson, ein über jeden Verdacht erhabener Bürger, der Dashiel Traver bei seinen Ermittlungen sogar behilflich ist.

Wilmer war von dem Exposé äußerst angetan. Endlich hatte ich einen Treffer landen können. Diese Geschichte, daß der Mörder der Erzähler ist, ist eine innovative

Idee, hatte er am Telefon gemeint, dieser Ignorant, und Innovation, das wissen Sie, Innovation ist immer unser Ziel. Ich habe mir auch einige Änderungen für die nächsten Bücher überlegt, sagte er. Es wäre sehr gut, die Umschlaggestaltung zu verbessern, sagte ich. Nein, erklärte er, die Umschläge bleiben, wie sie sind. Die Leser mögen diese Mischung aus Lippenstift, Revolvern und Blutlachen. Mir schwebt vor, sagte er, auf der letzten Seite ein Nachwort zum Autor zu bringen. Die Amerikaner machen das so. Ich werde Ihnen mal die Kurzbiographie vorlesen, die ich über den Autor von *Wer hat Larry Manson auf dem Gewissen?* geschrieben habe. Hören Sie zu. »Richard Carr wurde in Chicago geboren und zog im Alter von sieben Jahren mit seinen Eltern nach New York. Er verbrachte seine Jugend zum Teil in England, Frankreich und Deutschland. Heute lebt er mit seiner Frau und einem Chihuahua-Hund in Kanada. Sein Hobby ist der Lachsfang.« Wie gefällt Ihnen das?

Von da an schrieb ich Tag und Nacht, während Fúlvia den Bestand an Antischlangenserum in jeder einzelnen Krankenstation in den ländlichen Gegenden des Landesinneren durchcheckte, eine Arbeit, die nachts im Institutsarchiv erledigt werden mußte.

Am Montagmorgen rief Wilmer an, um einen Termin für eine Besprechung im Verlag zu vereinbaren.

Lesen Sie nur den unterstrichenen Teil, sagte er und überreichte mir, kaum daß ich mich auf dem Stuhl vor seinem Schreibtisch niedergelassen hatte, eine Fotokopie; lesen Sie laut. Ich las: »*Zwanzig Regeln zum Schreiben von Kriminalgeschichten. S. S.* Van Dine. Regel Nummer 4: Der Detektiv oder einer der Ermittler darf niemals der Schuldige sein. Das ist schamlose Täuschung.«

Ich ließ das Papier sinken und sah Wilmer an. Von vorn war er ein ganz normaler Typ. Wenn er sich jedoch umdrehte, sah man am hinteren Teil seines Kopfes einen kleinen Schweif, eine Art Verzierung, einen kleinen Pferdeschwanz, zusammengehalten von einem Gummiband, wie es bei Banken zum Bündeln von Geldscheinen verwendet wird. Was wollte er mit diesem Möchtegernschwanz eigentlich sagen? Und diesen albernen modischen Hemdchen? Ich habe diese Art von Apologeten der Jugendlichkeit noch nie leiden können.

In Ihrer Geschichte *Wer hat Larry Manson auf dem Gewissen?*, sagte er, ist der Mörder der Erzähler, ein angesehener Arzt, nicht wahr? Finden Sie nicht, daß das genau das gleiche ist? Ich antwortete, daß der Erzähler der Erzähler sei und nicht der Detektiv. Ja, gab er zurück, aber niemand kann sich vorstellen, daß der Erzähler der Mörder ist, ist das nicht auch Betrug? Sie haben meine Geschichte überhaupt nicht gelesen, sagte ich, ich habe sie ja auch noch gar nicht abgegeben, wie können Sie dann so etwas behaupten? Er argumentierte damit, wenn ein renommierter Schriftsteller wie S. S. Van Dine, ein Klassiker, sich schon die Mühe gemacht und gezeigt hatte, wie man Kriminalromane schreibt, warum ihn dann nicht haargenau befolgen?

S. S. Van Dine schreibt hier auch, daß es verboten ist, die Person des Mörders anhand einer am Tatort zurückgelassenen Zigarettenkippe zu identifizieren, sagte ich.

Sehen Sie, hier steht's. Wir dürfen auch keine Hunde verwenden, die nicht bellen, weil sie den Mörder kennen, erklärte ich, außerdem: Förster, Köche und dergleichen dürfen nicht die Schuldigen sein. Genau das haben wir gemacht, bis zum Umfallen, sagte ich. Hunde, die nicht bellen? fragte er. Wer hat so was benutzt? Sagen Sie es, und ich setze ihn noch heute vor die Tür. Unsere gesamte Reihe strotzt nur so vor Zigarettenkippen und Butlern, die die Mörder sind, antwortete ich. Aber Hunde, die nicht bellen, gibt es keine, sagte er und fuhr fort: Ich kann nicht alle Bücher lesen, die abgegeben werden. Wenn da geschrieben steht, daß Butler als Mörder verboten sind, na gut, dann sind sie eben verboten. Wir müssen die Regeln der Nordamerikaner befolgen. Stoppen Sie das Buch und fangen Sie ein neues an.

Ich habe schon vierzig Seiten geschrieben, sagte ich, das ist unfair. Sie haben das Exposé genehmigt, sagte ich. Ich diskutiere nicht mit Ihnen, gab er zurück. Ich will bis heute nachmittag ein neues Exposé auf meinem Tisch liegen haben. Innerhalb von sieben Tagen muß das Buch fertig sein. Sieben Tage? fragte ich, das ist unmöglich, ich brauche zwei Wochen, das ist unsere Abmachung. Sie haben schon sieben Tage mit dem Schreiben dieser Geschichte hier verplempert, sagte er. Und außerdem: Simenon hat seine Bücher in einer Woche geschrieben. Edgar Wallace hat eine ganze Erzählung in zwei Tagen verfaßt. Zé Negráo von der Reihe Wildwestpferde schreibt eins pro Woche. Paulinho von der Reihe Alles Blei macht einen Western in zehn Tagen. Die beiden sind ganz wild darauf, für mich zu arbeiten.

Ich bin der einzige, der pünktlich zahlt, prompt bei Abgabe. Stimmt's oder nicht? Na also. Genau. Sie müssen schreiben. Setzen Sie sich auf Ihren Hosenboden und schreiben Sie. Mehr müssen Sie nicht tun. Und jetzt können Sie gehen.
Immer in Eile, sagte Ingrid, die Sekretärin, als ich an ihrem Schreibtisch vorbeiging, ich würde gerne irgendwann mal mit Ihnen reden, darf ich Sie in den nächsten Tagen anrufen?

9

Zu Hause angekommen geriet ich mitten in einen Kampf zwischen meiner Mutter, die mit ihrem Megaphon am Fenster stand, und der Frau des Hausmeisters mit ihrem Dampfreinigungsgerät und ihrem Tick, den Bürgersteig keimfrei zu machen. Der Dreck ist nicht an den Laternenpfählen, sagte meine Mutter. Um die Seele geht es. Es nutzt nichts, die Laternen sauberzumachen, wenn das Gewissen nicht rein ist. Halt die Klappe, verrückte alte Schachtel. Und sagen Sie Ihrem Sohn, er muß noch die Betriebskosten für die Monate bezahlen, die Sie im Rückstand sind.
Ich nahm meiner Mutter das Megaphon aus der Hand und zog sie vom Fenster weg.
Über mich hat nur Jesus Christus zu bestimmen. Sollen die Sünder doch in der Hölle schmoren. Gib mir mein Megaphon zurück.
Meine Mutter war in dieser Woche besonders schlecht drauf. Sie predigte vom Fenster, die Nachbarn beschwerten sich. Wenn sie religiös ist, meinte mein Onkel Alberto, der Arzt ist, als ich ihn anrief und um Rat fragte, wenn sie an Gott glaubt, dann hat sie Glück. Du machst dir nicht die geringste Vorstellung davon, was es heißt, ein Kind zu verlieren, so wie sie, du hast keine Kinder, du kennst diese Art Liebe nicht. Wenn sie Gott

hat, um so besser für sie, Gott und Geld muß man nutzen, solange man sie hat, erklärte er. Ich kann mich noch an diesen Friedensnobelpreisträger erinnern, der erzählte, wie ihm sein Glaube abhanden gekommen ist, ich habe in irgendeiner Zeitschrift davon gelesen, der Mann war in Auschwitz gewesen oder so, er hatte ein Massaker an Kindern mit angesehen, wo ist Gott? hatte jemand gefragt. Und eine Stimme in ihm antwortete, Gott hängt am Galgen. Ich mußte niemals kleine Kinder sterben sehen, um zu wissen, daß es Gott nicht gibt, sagte Onkel Alberto. Ich beneide deine Mutter. Bei mir ist es ganz schlimm. Nicht an Gott zu glauben bedeutet ja nicht, daß man Gott nicht vermißt. Ich bin folgender Ansicht: eine Mutter, die ihren zweiundzwanzigjährigen Sohn durch Leukämie verliert, ist zu allem fähig. Ich habe deine Mutter am Sarg gesehen, das heißt, ich habe das gesehen, was von ihr übrig war; man hatte den Eindruck, daß deine Mutter sich vor unser aller Augen auflöste; einen so großen Schmerz kann ich nicht ertragen, lieber will ich sterben. Ich bringe es nicht mehr über mich, euch zu besuchen. Mercedes bekniet mich ständig, gehen wir hin, laß uns deine Schwester besuchen, Rosário braucht dich. Ich halte es nicht aus, Rosário zu sehen. Ich schaue sie an und sehe auf ihrer Stirn geschrieben: ich leide wie ein Hund. Grauenvoll.
Ich verabreichte meiner Mutter das Beruhigungsmittel, das Onkel Alberto ihr verschrieben hatte, blieb im Zimmer, bis sie eingeschlafen war.
Den Rest des Nachmittags verbrachte ich damit, auf Fúlvia zu warten, aber sie tauchte erst gegen Abend auf.

Sie setzte sich auf meinen Schoß, stellte meinen Computer aus. Schau mal, was wir hier haben, sagte Fúlvia und zeigte mir einen Zettel mit allerlei Notizen. Das war gar nicht so einfach, erklärte sie. Seit drei Tagen sitze ich schon daran.

Wir hatten verschiedene Möglichkeiten. Und von allen schien uns São Francisco Xavier, ein kleines Städtchen eine Stunde von São José dos Campos entfernt, die beste Lösung zu sein. Fúlvia hatte eine Freundin, die sich in der Gegend auskannte, die Straße ist so richtig schön beschissen, hatte sie gesagt, und außerdem brandgefährlich.

Und jetzt kommt das Interessanteste, meinte Fúlvia. Es gibt ein Krankenhaus gleich am Ortseingang von São José. Lies mal das: Hospital São Januário. Lagerbestand null. Ihnen ist vor acht Monaten das Serum ausgegangen, ich konnte es kaum glauben, als ich das gesehen habe. Das heißt also, die Schlange greift Ronald an, wir fahren nach São Francisco, da gibt es kein Serum, wir rasen nach São José, wie eine wildgewordene Kakerlake werden wir hinter dem Serum herhetzen; wie gefällt dir mein Plan?

Ich trug Fúlvia zu meinem Bett, gut, sagte ich, zieh deine Bluse aus, gefällt er dir wirklich? fragte sie, ja, zieh deine Hose aus, meinst du, daß es klappen wird? Klar, sagte ich, zieh dich aus, sagte ich, ja doch, sagte sie, es bringt mich um den Verstand, wenn du mich so anschaust. Wir liebten uns, bis es Nacht wurde.

Später, im Restaurant, blätterte Fúlvia, während wir auf die Pizza warteten, in dem Reiseführer *Lernen Sie das Landesinnere Brasiliens kennen,* den wir am Kiosk bei mir an der Ecke erstanden hatten. Schau nur, sagte sie und reichte mir den Band herüber. Ich las die Beschreibung eines Plantagenhotels in einem kleinen Örtchen, achtzehn Kilometer von São Francisco Xavier entfernt, Schotterpiste. Unglaublich, was für ein Glück für uns. Wir haben's, erklärte sie, das ist der Ort.
Wir rechneten aus, daß es ungefähr zwei Stunden dauern würde, bis Ronald Serum erhielte. Oder noch länger. Ich werde morgen mit ihm reden, sagte Fúlvia. Es wird nicht leicht werden, ihn zu überzeugen. Wir liegen im Clinch, und plötzlich schlage ich ihm vor, das Wochenende in einem Plantagenhotel zu verbringen, das wird ihm merkwürdig vorkommen. Ist doch normal, sagte ich, das ist bei Ehepaaren eben so, sie streiten sich, und dann vertragen sie sich wieder. Ich werd's versuchen, sagte sie, mein Verband wird am Freitag abgenommen, und wenn alles gut geht, drehen wir das Ding am Samstag. Wir haben eine Woche, um alles vorzubereiten, erklärte sie. Am Freitag? fragte ich. Am Samstag, antwortete sie. Ich meine den Verband, sagte ich, ich dachte, du würdest den Arm einen Monat lang nicht bewegen können. Der Kellner brachte die Pizza. Ja, gab sie zur Antwort, das wäre ideal, laß nur, ich nehme mir selbst, der Arzt hat mir erklärt, daß der Arm nicht gebrochen ist, sondern nur, nur Pizza Calabresa? Es war nur, das hier riecht ja köstlich, es war nur eine Verstauchung, ich darf sogar Auto fahren, sagte sie.

Die Pizza war hundsmiserabel, dicker Teig, der Belag eine Zumutung. Ich legte mein Besteck auf den Teller. Du hast mir erzählt, daß er gebrochen ist, sagte ich. Nein, antwortete sie, verstaucht, ich kann mich hundertprozentig erinnern, daß ich gesagt habe: Er ist verstaucht. Die mit Mozzarella ist besser, willst du probieren? Nein, sagte ich. Ich habe dir gesagt, er ist nicht gebrochen, natürlich habe ich dir das gesagt, kannst du dich nicht mehr dran erinnern?
Komisch. Ich konnte mich nicht mehr dran erinnern.

10

Von: José Guber *An:* Wilmer da Silva

Die Mörderkröte, von Joseph Farnsworth

Ich, William Mambler, habe mit zwanzig meinen Job als Karatelehrer an den Nagel gehängt und eine Arbeit bei der größten Versicherungsgesellschaft Kaliforniens angenommen. Mein erster Kunde war ein junger, reicher Mann, gute Erscheinung, der eine Versicherung über eine Million Dollar abschließen wollte. Versicherungen dieser Art machen eine Reihe von ärztlichen Untersuchungen erforderlich, der besagte Mann ließ sie alle über sich ergehen. Wir stellten fest, daß sein Gesundheitszustand exzellent war, und der Vertrag wurde unterzeichnet. Einige Monate später starb dieser Mann, dessen Name Walter Nadenger war, an einem Herzinfarkt. Mir kam das sehr merkwürdig vor, niemand schließt mit vierunddreißig Jahren eine Versicherung über eine Million Dollar ab und stirbt kurz darauf eines natürlichen Todes. Ich schlug der Versicherungsgesellschaft vor, eine Autopsie der Leiche vornehmen zu lassen. Mir wurde mitgeteilt, daß eine Autopsie nur bei Unfällen oder in Fällen, bei denen der Tod durch

eine Straftat eingetreten ist, durchgeführt werden könne, was definitiv nicht der Fall sei, zumal wir einen Totenschein vorliegen hätten, der von einem der hervorragendsten Ärzte Kaliforniens ausgestellt sei und in dem versichert werde, die Todesursache sei ein Infarkt des Herzmuskels gewesen.
Ich beschloß, zur Totenwache zu gehen. Die Witwe, eine von diesen Frauen, die immerzu Tabletten nehmen, um ihren Appetit zu zügeln, und Beruhigungspillen, um ihre Hausangestellten nicht zu verdreschen, war alleine da, nur sie, sie und der Leichnam, ich fand das eigenartig, aber ich weiß ja, daß die Reichen eben so sind, sie verkrachen sich mit der gesamten Familie wegen der Aktienmehrheit in der väterlichen Firma. So weit, so gut. Ich befand mich also auf dem Vorplatz des Friedhofs, nicht in der Kapelle, weil die Witwe es ganz eindeutig nicht zugelassen hätte, daß ich bei dem Verstorbenen gesessen hätte. Ich beobachtete deshalb alles aus der Ferne. Plötzlich sehe ich ein Durcheinander, einen betrunkenen Motorradfahrer, der in der Kapelle nebenan die Totenwache beim Leichnam seiner Freundin gehalten hatte und der nun erzählte, »die da nebenan füttert ihren Toten mit einem Trichter«. Es wurde gemunkelt, daß er betrunken war, aber niemand, nicht mal ein Betrunkener, denkt sich etwas Derartiges aus.
Tatsache ist, daß die Versicherung ausbezahlt wurde. Ich gab keine Ruhe. Im Müll aus der Wohnung der Witwe fand ich zwei Dinge, die mich mißtrau-

isch machten: eine kleine, äußerst übelriechende Pflanze mit runden Blüten und eine tote Kröte. Ich begab mich zum Amphibienschutzverein. Dort lernte ich einen Wissenschaftler kennen, der mir bei meinen Nachforschungen sehr behilflich war. Ich entdeckte, daß Kröten eine Reihe von halluzinogenen und anästhetisch wirkenden Stoffen enthalten, die in unserem Nervensystem einen momentanen Zusammenbruch verursachen können. Menschen, die unter der Einwirkung dieser Drogen stehen, geben keinerlei Lebenszeichen von sich, obgleich sie am Leben sind und einige Funktionen, wie zum Beispiel das Gedächtnis, aufrechterhalten werden. In der Wissenschaft ist dieses Phänomen als Totenstarre bei lebendigem Leib oder auch als Katalepsie bekannt. Wenn dem lebenden Toten eine Mischung aus Krötengift und den chemischen Wirkstoffen einer Pflanze namens *Pyrethrum parthenium* verabreicht wird, dann setzt sich dieser Zustand über mehrere Stunden fort. (Ein weiterer wichtiger Punkt: Die widerlich riechende Blume, die ich in der Wohnung der Witwe gefunden hatte, war eine *Pyrethrum parthenium*.) Ich schrieb alle diese Informationen auf ein Blatt Papier, legte der Versicherungsgesellschaft einen Bericht vor, in dem ich deutlich machte, daß meiner Ansicht nach die Gesellschaft einem Betrug zum Opfer gefallen war. Sie lasen meinen Bericht und unternahmen absolut gar nichts, sie bezogen keinerlei Position. Mit anderen Worten, sie glaubten nicht an meinen Verdacht. Wäre ich weniger naiv gewesen, hätte ich an dieser Stelle aufgehört. Aber nein, ich war mir dessen, was ich sagte, so sicher, daß ich beschloß, weiterzubohren. Mithilfe einiger Freunde schluckte ich die Mischung aus Krötengift und den aus der Pflanze extrahierten Substanzen und verfiel in einen Zustand tiefer Katalepsie. Die anästhetischen Wirkstoffe wurden mir mehrere Male verabreicht. Dann riefen meine Freunde einen Arzt, der mich untersuchte und mir einen Totenschein ausstellte. Myokardinfarkt. Als ich erwachte, brachte ich dem Direktor der Versicherung den Totenschein. Wissen Sie, was er tat? Er riß den Schein in kleine Fetzen. Sie haben den Arzt, der den Schein unterschrieben hat, gekauft. Und er schickte mich fort. Der Direktor der Versicherung war in den Betrug verwickelt und bestens bedient, mit seinem Anteil am Eine-Million-Dollar-Kuchen in der Tasche.

Das Buch endet damit, daß die Hauptfigur einen Laden in Hollywood mietet. Sie bringt ein Schild mit folgendem Inhalt an: William Mambler, Privatdetektiv.

Von: Wilmer da Silva *An:* José Guber

Guber,

ich habe den Eindruck, als wüßten Sie nicht mehr, was Sie erzählen sollen, und deshalb werden Ihre Exposés immer länger. Meine Antwort wird darum ebenfalls umfangreicher ausfallen. Ich bin dagegen, daß in Kriminalromanen Tiere verwendet werden, wenngleich ich verstehen kann, daß Sie auf dieser Ökowelle mitschwimmen wollen. Ich weiß, daß wir den Krimi moderner gestalten müssen. Daß wir ihn an Fragen des täglichen Lebens heranführen müssen, wie das Internet, Ökologie, sexuelle Belästigung, Klone, all diese Dinge. Aber Kröten verwenden? Es fehlt nur noch, daß Sie eine Geschichte über den Mord an einem Löwenäffchen schreiben, falls es noch irgendein lebendes gibt. Ja, wir sind für Ökologie, aber der Minnesota-Verlag ist keine Nichtregierungsorganisation, merken Sie sich das. Exposé abgelehnt. Sie haben noch fünf Tage bis zur Abgabe des Buches.

Fúlvia rief über die Sprechanlage von der Garage aus bei mir in der Wohnung an und bat mich runterzukommen, sie wollte mir eine Überraschung zeigen. Ich ging hinunter. Sie hielt mir ihren verbandlosen Arm entgegen, ich fühle mich super, sagte sie, ich bin wieder gesund. Sie öffnete den Kofferraum, nahm eine Kiste heraus, darin eine dunkelbraune Klapperschlange mit Rauten auf dem Rücken, einen Meter lang oder kürzer. Eine *Crotalus durissus,* sagte sie und zeigte mir die Schlange. Mit einem Milliliter Gift dieser *durissus* können wir dreißigtausend Tauben töten. Ich dachte, wir wollten eine Jararaca verwenden, sagte ich. Das wollten wir ja auch, antwortete sie. Nun ist heute eine Kuriersendung im Institut eingetroffen, und ich war die erste, die sie in die Finger bekam. Niemand weiß, wie viele Exemplare wir erhalten haben. Und es wird auch niemand erfahren.

Fúlvia bat mich, die Klapperschlange in meinem Zimmer zu verwahren. Das gefiel mir nicht. Eine Sucuri am Kopfende meines Bettes zu haben war eine Sache; eine Klapperschlange dagegen war etwas völlig anderes, mir verursachte das gewisse Beklemmungen, ich konnte gar nicht richtig schlafen.

Von Anfang an schwante mir nichts Gutes. Die Klapperschlange fraß nicht, nahm kein Wasser zu sich, bewegte sich praktisch nicht. Wenn Fúlvia sie hochnahm, versuchte sie nicht, sich zu befreien, sie zeigte auch keine Alarmbereitschaft, so wie meine Sucuri. Ich gewann langsam den Eindruck, daß die Klapperschlange krank war. Irgendwo hatte ich gelesen, daß extrem apathische Schlangen unter Umständen an einer Infektion der Atemwege leiden. Ich sagte Fúlvia das. Nein, antwortete sie, das ist normal, wenn Schlangen in eine neue Umgebung kommen, verweigern sie die Nahrung, ändern ihr Verhalten; im Zoo von Kalkutta ist eine Schlange in den Hungerstreik getreten, nur weil an ihrer Spezialernährung irgendwas umgestellt wurde. So sind Schlangen nun mal.

Ich hatte meine Zweifel; und wenn, fragte ich, diese traurige Schlange zur Stunde X keine ordentliche Arbeit leistet? Fúlvia befolgte meinen Rat und brachte ein Huhn mit zu mir nach Hause. Laß uns die *durissus* testen, schlug sie vor und ließ das Tier im Zimmer frei.

Ich hatte erwartet, nun einer Szene wie aus einem Film

der National Geographic beizuwohnen, die Schlange bereitet sich zum Angriff vor, ihre zwiegespaltene Zunge vibriert bedrohlich, Glocken künden von der sich anbahnenden Tragödie, und schließlich schnellt sie vor und beißt zu. Aber nichts dergleichen geschah. Weder bewegte sich das Huhn in Richtung Schlange noch umgekehrt. Mehrere Male plazierte Fúlvia die Beute neben der Klapperschlange. Nichts passierte. Mir fiel auf, daß Fúlvia das Huhn zu stark preßte. Ich hörte, wie es krachte, als sie dem Huhn den Hals brach. Fúlvia warf das Huhn auf den Boden, trampelte darauf herum, besudelte den Fußboden meines Zimmers. Bist du verrückt geworden? fragte ich. Die Klapperschlange glitt nach vorne und nagte an dem reglosen Huhn. In diesem Moment betrat meine Mutter das Zimmer, erblickte die Schlange, die gerade das Huhn, dessen Schnabel noch hervorlugte, hinunterwürgte.

Was für ein Macumbazauber ist denn das? fragte meine Mutter. Ich versuchte ihr zu erklären, aber sie wollte nichts davon hören, raus hier mit der Frau, sagte sie, ich habe das Huhn gesehen, ich habe die Schlange gesehen, ich habe das Blut gesehen, ich bin doch nicht auf den Kopf gefallen, du brauchst mir nichts zu erklären. Ich weiß sehr wohl, was das ist, der Teufel ist das, diese Frau wird unsere Familie ins Unglück stürzen.

Mitten in diesem Tohuwabohu rief Ingrid, Wilmers Sekretärin, bei mir an. Ich dachte, es ginge um Exposés, die ich abliefern sollte, aber sie wollte mich zum Abendessen einladen, oder zum Kaffee, falls ein Abendessen zu kompliziert wäre. Ich konnte mir nicht vorstellen,

was diese resolute Blondine von mir wollte, jedenfalls versuchte ich zu kneifen. Ich muß unbedingt mit Ihnen reden, beharrte sie. Es ist wichtig.
Wir verabredeten uns für acht Uhr in einer Bar in der Nähe meiner Wohnung. Ich versorgte die Schlange, wischte den Boden auf, brachte Fúlvia zum Auto und ging zu meiner Verabredung mit Ingrid.

Ich kam zwanzig Minuten zu früh; die kleine Kneipe, wie sie genannt wurde, war eine Art von Lokal, wie ich sie nicht ausstehen konnte, voller begeisterter Trinker. Ich ließ mir einen Tisch geben und studierte den Zoo. Es war schon enorm, was für einen Ekel diese Leute in mir auslösten. Die Frauen waren noch am ehesten zu ertragen. Zumindest lachten sie nicht so ohrenbetäubend. Lauter Fettwänste im Raum, einen Bauch zu haben war die Regel. Und dann erst die Paare. Um herauszufinden, wie lange ein Ehepaar zusammen ist, braucht man nur die Art und Weise zu beobachten, wie sie sich bei Tisch benehmen. Drei Jahre, und sie gucken sich nicht mal mehr an. Ingrid trug ein enganliegendes, ärmelloses Shirt; erst an diesem Tag fiel mir auf, daß ihre Augen blau waren. Sie setzte sich, bestellte ein Mineralwasser. Sie sagte, sie sei ganz unparteiisch und von der schnellen Truppe. Stumpfsinnige Leute seien ihr ein Graus. Ich werde Ihnen ohne Umschweife sagen, was ich zu sagen habe, erklärte sie. Ich habe im Verlag einige Gerüchte gehört. Sie sollen entlassen werden. Eigentlich sollte ich Ihnen nichts davon erzählen, wir kennen uns ja nicht mal richtig. Aber Ihr Gesicht hat mir vom ersten

Tag an gefallen. Ich weiß, daß Sie eine kranke Mutter haben. Meine Mutter war ebenfalls krank. Sie ist gestorben, meine Mutter. Nur deshalb erzähle ich Ihnen davon. Das war's auch schon.
Wir gingen zu Fuß bis zu ihrer Wohnung und sagten uns Nettigkeiten. Als wir vor ihrer Haustür ankamen, fragte sie, ob ich noch auf einen Sprung mit hinaufkommen wollte, sie schlug vor, wir könnten noch was trinken.
Ingrid war sehr attraktiv. Mir schien es besser, die Einladung auszuschlagen. Entweder geht ein Mann mit einer Frau ins Bett, oder er läßt sie in Ruhe.

11

An: Wilmer *Von:* José Guber

Achtung, Wilmer, das Exposé ist lang. Haben Sie Geduld. Überspringen Sie nichts, sonst werden Sie nicht verstehen, worauf ich hinauswill. Also, nur Mut.

Das Tier, von Peter Walpole (dieser Name gefällt mir, aber ich habe auch an Sol Greene gedacht, wenn Sie was gegen Schauerromantik haben).

Spektakuläre Verbrechen
Zwei Frauen, Mutter und Tochter, werden auf brutale Weise umgebracht. Die Tochter wird erwürgt und mit dem Kopf nach unten im Kaminabzug ihrer Wohnung aufgehängt. Die Leiche der Mutter (die aus dem Fenster der Wohnung geworfen wurde) weist zahlreiche Verletzungen auf. Der Kopf ist praktisch vom Körper abgetrennt.

Duque, der Detektiv
Wilmer, um sich eine Vorstellung von der Kombinationsgabe dieses fabelhaften Detektivs machen zu können, den ich erfunden habe, werde ich eine Sze-

ne schreiben, in der er präsentiert wird, ungefähr in dieser Art:
Duque und Remarq, seine rechte Hand, schlendern durch die Straßen Londons oder New Yorks, je nachdem, was Ihnen besser gefällt. Sie gehen schweigend vor sich hin, in Gedanken vertieft, genauso wie Aristoteliker es tun.
Findest du wirklich, daß der Schauspieler John Malcom beim Fernsehen gut aufgehoben wäre? fragt Duque. Remarq, sein Assistent, ist vollkommen verblüfft darüber, wie es seinem Freund gelingen konnte, seine Gedanken zu erraten, er hatte nämlich genau darüber nachgedacht, daß John Malcom kein guter Theaterschauspieler sei.
Woher wußtest du, daß ich gerade an J. Malcom gedacht habe? Wegen des Obstverkäufers, der dich angerempelt hat, als wir um die Ecke gebogen sind. Du hast das Gleichgewicht verloren und irritiert zu Boden auf die Pflastersteine geschaut. Ich bemerkte, wie du leise das Wort Stereotomie aussprachst und dich damit auf die Art des Straßenbelags bezogst. Wer an Stereotomie denkt, denkt an Atome und in logischer Konsequenz an die Theorien Epikurs. Ich erinnerte mich daran, daß wir, als wir uns vor einigen Tagen über dieses Thema unterhielten, davon gesprochen haben, daß einige von Epikurs Thesen durch die Nebel-Kosmogonie bewiesen worden sind. Wer indes an Nebel-Kosmogonie denkt, schaut in den Himmel und sucht den großen Nebel des Orion, und genau das hast du getan. Du hast emporge-

schaut. Mir fiel ein, daß die Journalisten in ihrer Kritik über Malcoms Arbeit den Spruch *Perdidit antiquum litera prima sonum* zitierten, welcher sich, darüber haben wir ja bereits gesprochen, auf Orion bezieht. Es war nicht schwer darauf zu kommen, daß du diese beiden Dinge, Orion und Malcom, miteinander in Verbindung gebracht hast. Du lächeltest, und mir fiel sogleich die ausdruckslose Figur des Malcom ein, und ich zog daraus den Schluß, daß du dachtest: Malcom ist ein mittelmäßiger Schauspieler, der nicht für das Theater taugt. Ganz einfach, nicht wahr?«
Wilmer, das ist nur eine Kostprobe für die Kombinationsgabe meiner Figur.

Die Ermittlungen
Duque deckt bei seinen Ermittlungen zu dem Doppelmord unverzüglich folgendes auf:
– Der Mörder hat Grunzlaute von sich gegeben (dieser Schluß beruht auf den Aussagen von Zeugen, die behauptet haben, sie hätten in der Tatnacht in der Wohnung der Opfer jemanden reden gehört, der Russisch, Tschechisch, Slowenisch, Tupi-Guarani und noch andere, auf der drittletzten Silbe betonte Sprachen gesprochen hat, das heißt, der Mörder redete in einer Sprache, die allen fremd war).
– Um zu dem Fenster der Wohnung der Opfer zu gelangen, hat der Täter den Blitzableiter benutzt. (Wie ein Affe, der sich von Ast zu Ast schwingt.)
– Der Mörder hat die viertausend Dollar, die sich in

der Wohnung befanden, nicht gestohlen. (Das entspricht nicht menschlichem Verhalten.)
– An den Händen der Opfer werden Tierhaare gefunden. (Ein Tier?)
– Die Hautabschürfungen rühren nicht von Menschenhand her. (Was für ein Tier?)
– Die an den Händen der Opfer aufgefundenen Fasern sind die gleichen, wie sie bei den Rothaar-Orang-Utans auf den Inseln vor der ostindischen Küste festgestellt wurden.

Die Strategie zur Ergreifung
Duque veröffentlicht am nächsten Tag in der Zeitung folgende Anzeige: Borneo-Orang-Utan gefangen. Nähere Informationen erhalten Sie in der Soundso-Straße Nummer soundso (Anschrift von Duque).

Ausgang
Ein Seemann sucht Duque auf und erzählt ihm, er sei der Eigentümer des Orang-Utans. Von dem Detektiv unter Druck gesetzt, legt er folgendes Geständnis ab:
Er sei kürzlich nach Borneo gereist und habe dort ein Orang-Utanbaby gekauft. Er habe es mit nach London gebracht und es in einem Käfig eingesperrt. Er habe gehofft, daß das Tier von einer Verletzung an der Hinterpfote genesen würde, um es an den Zoo zu verkaufen. Eines Nachts indes sei der Orang-Utan weggelaufen. Der Seemann verfolgte ihn, sah

ihn an einem Haus hochklettern, und zwar am Blitzableiter. Als er in die Wohnung kam, in die der Orang-Utan hineingelaufen war, mußte er zu seinem Entsetzen sehen, wie Mutter und Tochter von der Bestie auf grausame Weise getötet wurden. Aus Angst flüchtete er, die Bestie ließ er ungehindert in der Stadt herumlaufen.
Der Seemann wird, unmittelbar nachdem er bei der Polizei ordnungsgemäß ausgesagt hat, auf freien Fuß gesetzt. Später wird der Orang-Utan von dem Seemann persönlich eingefangen und an den Zoo verkauft. Und damit sind wir am Ende der Geschichte angelangt.

Von: Wilmer *An:* José Guber

Ihre Geschichten werden von Mal zu Mal länger und talentloser. Eine gute Story ist eine, deren Handlung in wenigen Worten erzählt ist, so wie Goethes Faust: Ein Mann verkauft seine Seele an den Teufel und ist angeschmiert. Sehen Sie? So kurz und bündig geht's. Schicken Sie was Neues. Sie haben nur noch zwei Tage.

Wenn man beschließt, jemanden umzubringen, ist es gut zu wissen, daß die schlimmste Phase die der Vorbereitung ist. Es ist, als ob einem die Nerven aus dem Leib gezerrt und festgezurrt würden. Die Einzelheiten sind ein bitteres Kapitel. Alles muß bedacht werden, vor allem die Lügen, die man hinterher erzählen wird, und die Art und Weise, wie man sie erzählen wird. Was einfach erscheint, ist schwierig, was schwierig erscheint, ist noch viel schwieriger. Wir hatten gedacht, es würde ein Problem sein, Ronald dazu zu bewegen, in ein Plantagenhotel zu fahren; es war ein Kampf; er wollte an den Strand, ich mag die Berge nicht, sagte er, ich liebe das Meer, sagte er, Schlamm kann ich nicht ausstehen, ich hasse Rinder, was soll ich an einem solchen Ort? Fúlvia spielte sogar mit dem Gedanken, das Szenario zu ändern, aber Schlangen und Strand waren keine besonders wahrscheinliche Kombination, und so löcherte sie ihn so lange, schlug so lange dieselbe Taste an, bis Ronald schließlich aus reiner Erschöpfung zustimmte. Meine Beteiligung an der Tat wurde minuziös ausgetüftelt. Meine Funktion bestand darin, als Retter auf dem Plan zu erscheinen und dabei alles zu verkomplizieren, die Fahrt nach São José zu einem totalen Alptraum werden zu lassen, die Verabreichung des Serums so lange wie möglich hinauszuzögern.

Dank Fúlvia ging es mit dem theoretischen Teil unseres Plans gut voran. Hotel, Landkarte, alles okay, Serumreserven, Bestände, alles war haarklein durchgecheckt worden.

Am meisten Arbeit bereitete die Klapperschlange. Wenn es darum ging, anzugreifen und zu fressen, zeigte sie nicht die geringste Motivation. Mehrere Tage lang warfen wir Mäuse ins Terrarium, keine Reaktion. Alles war für Freitag geplant, wir hatten nicht mehr viel Zeit. Laß es uns mit Küken versuchen, schlug Fúlvia vor. Wir probierten es mit gelben Küken. Nichts. Kröten. Nada. Mittwoch, Donnerstag, die Zeit wurde knapp. Immer mit der Ruhe, sagte Fúlvia, sie ist nur verschreckt. Weitere Hühner, nichts, ein kleines weißes Kaninchen, nichts, ein halbtotes Karnickel, noch mehr Mäuse, übrigens mußten wir die Mäuse aus dem Terrarium entfernen, sie hätten uns sonst noch auf der Nase herumgetanzt.

Am Freitag stimmte Fúlvia mir zu. Mit dieser Schlange wird das nichts, sagte sie, wir müssen sie austauschen. Klau eine andere, schlug ich vor. Es sei unmöglich, eine weitere Schlange aus dem Institut zu entwenden, erklärte Fúlvia. Die neuen Sendungen waren bereits katalogisiert worden. Wenn ich das tue, sagte Fúlvia, gehen wir ein Risiko ein.

Ein wissenschaftliches Verbrechen macht immer besonders viel Arbeit. Nicht umsonst erledigen Mörder die Angelegenheit lieber mit einer automatischen Pistole.

12

Fúlvia hatte irgendwann einmal von einer geheimen Schlangenzucht in Atibaia, knapp siebzig Kilometer von São Paulo entfernt, gehört. Sie telefonierte ein bißchen herum, und es gelang ihr, die genaue Adresse in Erfahrung zu bringen. Das Auto hatte kein Benzin mehr; bevor wir São Paulo verließen, mußten wir tanken. Bitte nicht die Scheiben waschen, sagte sie zum Tankwart, wir haben's eilig.
Innerhalb von weniger als einer Stunde erreichten wir die Fazenda Esperança. Wir wurden von einem Mann empfangen, der entweder erkältet war oder eine Allergie hatte, jedenfalls war seine Nase rot; er hieß Seu Lelé. Die Schlangen befanden sich in einem von mehreren Schichten Drahtgeflecht umgebenen Bau neben dem Büro der Fazenda. Seu Lelé packte die Schlangen am Genick; er wollte, daß wir uns ihre Impfstoff liefernden Giftzähne anschauten. Er zeigte uns eine zwei Jahre alte Jararaca; dieses Vieh ist der leibhaftige Teufel, erklärte er. Genau die kauften wir. Haben Sie auch Kröten da?

Wir kehrten nach São Paulo zurück, Fúlvia setzte mich zu Hause ab, sie war die Ruhe selbst. Auf meinem Tisch lag ein Fax von Wilmer. Ich las es gar nicht erst, knüllte

es zusammen und warf es in den Papierkorb. Für meine Mutter machte ich einen Nachmittagsimbiß zurecht und setzte sie darüber ins Bild, daß ich zwei Tage nicht da sein und daß Tante Mercedes kommen und ihr Gesellschaft leisten würde.
Ich duschte, zog mich an, packte meinen Koffer. Um zwei Uhr stand ich bei der Autovermietung in der Nähe von meiner Wohnung auf der Matte. Ich wählte einen Wagen zum niedrigsten Tagestarif. Den Koffer und die Kisten mit der Jararaca und der Kröte verstaute ich im Kofferraum und fuhr auf die Autobahn. Noch vor fünf Uhr nachmittags kam ich in São Francisco an. Ein mitten in den Bergen verlorenes Städtchen, völlig ohne jeden Reiz. Allein der Anblick machte mich ganz niedergeschlagen. Ich bog auf die Schotterpiste ein; sie war noch viel schlimmer, als wir uns vorgestellt hatten. Ich fand es wirklich zum Kotzen hier, diese Hütten, der Dreck, die Hühner, die Schweine, Strohhüte, die Dummheit und die Gutmütigkeit, all das deprimierte mich ungemein.
Das Hotel war eine ehemalige Kaffeeplantage mit einem riesigen Herrenhaus, in dem sich die komfortableren und teureren Zimmer befanden, und einigen im Wald verstreuten Betonbaracken, Modell Und-du-kannst-sehen-wo-du-bleibst, die sie als Chalets bezeichneten. Die Geschäftsführerin, Dona Iolanda, war eine pummelige Frau von vierzig Jahren mit dunkler Haut und blond gefärbtem Haar. Dieser Typ Frau sollte sich nicht das Haar färben, der Kontrast zwischen dem Blond des Haars und der dunklen Hautfarbe gibt ihrem

Aussehen etwas Jämmerliches, ich habe nie verstanden, weshalb die Frauen ihrem Haar eine andere Farbe verpassen müssen. Ich fragte, ob ich mir ein Zimmer aussuchen dürfte.

Sie dachte, jemand wie ich, der aus São Paulo kam, wollte Ruhe, und bot mir ein abgelegenes Apartment an. Ich erklärte ihr, daß mein Problem genau andersherum gelagert sei. Ich sei die Einsamkeit leid und wolle Menschen um mich haben. Das ging ihr nahe. Ich konnte geradezu den kleinen Blitz sehen, der ihren Körper durchzuckte und auf ihrer Zunge einschlug. Sie fragte, ob ich gerne tanzen würde und welche Art von Musik mir gefiele. Durch dieses unverbindliche Gerede erfuhr ich, daß das Hotel nur sieben Gäste beherbergte und daß Fúlvia und Ronald Apartment 8 bewohnen würden. Ich richtete mich in Apartment 9 ein.

Dann rief ich bei mir zu Hause an und hörte die Fernabfrage meines Anrufbeantworters ab. Wilmer hatte zweimal angerufen. Ich ließ Wasser in die Wanne laufen, nahm ein ausgiebiges Bad, nur um die Zeit totzuschlagen.

Die Nacht in São Francisco war wirkliche Nacht, schwarze Nacht und sonst nichts, vom Balkon meines Zimmers aus konnte ich nicht einmal die Bäume erkennen, die sich in wenigen Metern Entfernung befanden. Der Geruch des Waldes drang sogar durch meine Augen in mich ein, es war gespenstisch. Ich hörte, als Fúlvia Melissa mit Ronald ankam; übrigens hörte ich alles, was sie redeten, während sie ihre Sachen einräumten, es war kein Streiten, er war zuvorkommend, wenn er mit Fúlvia sprach, Liebling, hast du meinen Tennisschläger mitgebracht? In Wahrheit war sie es, die ihm gegenüber kurz angebunden war, ja doch, habe ich, sagte sie in gereiztem Ton, muß das sein, daß du mir so antwortest? fragte er, du fragst mich jetzt zum dritten Mal nach deinem Schläger, sagte sie, du hörst nicht zu, wenn ich dir was sage. Sogar die Klospülung konnte ich hören.

Ich erschien als erster im Restaurant. Dona Iolanda hing am Telefon, legte aber sofort auf, um mich mit ihrem Enthusiasmus und ihrer Zuneigung besser drangsalieren zu können. Zwei Ehepaare kamen hereinspaziert, die Frauen vorneweg, figurbetont gekleidet, beschwingt, langes Haar, die Männer in Polohemden.

Fúlvia und Ronald kamen als letzte. Ich war der einzige in der Gegend, der kein Polohemd trug. Wenn ich das gewußt hätte, hätte ich mir eins gekauft.

Die ganze Zeit über legte Ronald ein freundliches Benehmen an den Tag, war aufmerksam, aß, redete, lachte. Die beiden anderen Ehepaare desgleichen.

Ich ging zurück in mein Zimmer und stellte den Fernseher an. Der Empfang war hundsmiserabel, ich schaltete aus. Dann rief Fúlvia an.

Ronald ist in die Zentrale gegangen, um ein Fax abzuschicken, sagte sie. Es hat nicht den Anschein, als ob er dich grob behandeln würde, sagte ich. Wenn andere dabei sind, ist er immer so, gab sie zur Antwort. Hast du geprüft, ob sie Serum haben? fragte ich. Rein pro forma habe ich es überprüft, sagte sie, ich wußte, daß sie

keines haben. Seit einiger Zeit beliefert das Institut nur die Krankenstationen mit Serum. Er kommt gerade zurück, laß uns lieber auflegen.
Ich verbrachte den Rest der Nacht damit, mich im Bett herumzuwälzen.

13

Am Samstag zog ich meine Badehose an und begab mich zum Swimmingpool. Die beiden Ehepaare waren bereits da, vier in der Sonne ausgestreckte, mit Bräunungscreme eingeschmierte Eidechsen. Einer der Männer trug eine dieser Sonnenbrillen, die das ganze Gesicht bedecken, und schien herausfordern zu wollen, daß man sagte, hey Alter, ich hab's kapiert, du hast eine echte Sonnenbrille.

Fúlvia ließ auf sich warten. Schwarzer Badeanzug, Hut, ihr Anblick gefiel mir. Ronald zog eine richtige Show ab, sprang in den Pool, und zack, zack, zack schwamm er über eine halbe Stunde lang, Kraul, Rücken, Schmetterling. Moisés, mein Bruder, war ein viel besserer Schwimmer als er gewesen. Komisch, ich konnte mich nie an Moisés bei einer Unterhaltung, beim Schwimmen oder bei etwas erinnern, das er gerne tat, ich mußte bloß immer daran denken, wie er im Krankenhaus gestorben war, kahlköpfig von der Chemotherapie und vor Schmerzen gekrümmt. Einmal, als er schon Morphium bekam, sagte er mir, daß er immer davon träume, er wäre beim Schwimmen. Wenn du im Ozean schwimmst, sagte er, dann bist du ganz alleine auf der Welt, es ist die Erfüllung, du und die unermeßliche Weite des Wassers, du spürst keine Müdigkeit, du

fühlst nur, daß du ein Teil davon bist, ein Teil des Universums, du fühlst, daß alles harmonisch ist, daß alles so sein soll.
Die Erinnerung an meinen Bruder machte mich traurig. Ich sprang in den Pool, ließ mich treiben und schaute in den Himmel.
Den Rest des Tages verbrachte ich im Zimmer. Gegen fünf begann ich nervös zu werden, nachdem ich die Jararaca und die Kröte im Kofferraum meines Autos verstaut hatte, von wo Fúlvia sie holen wollte, sobald Ronald unter die Dusche gegangen wäre.
Beim Abendessen war Fúlvia ziemlich angespannt. Die beiden unzertrennlichen Ehepaare waren nach wie vor unzertrennlich und trugen ihre Polohemden. Sie zogen die Polohemden tatsächlich nur aus, um in den Pool zu springen. Die beiden Frauen waren womöglich Schwestern, sie ähnelten einander sehr und ließen sich mit fünf Worten beschreiben: weiße Klamotten, Pony, rotlackierte Fingernägel. Nein, mit sechs Worten: pummelig. Sie aßen gerne, diese Schmarotzerinnen. Zum Nachtisch bestellten sie ohne jeden Anflug von schlechtem Gewissen Mousse au chocolat, Eis, die Dickere machte sich sogar noch über den Nachtisch ihres Mannes her. Unglaublich, was diese Frauen so verputzen und wie sie zunehmen, man muß sich nur einmal umschauen, alle haben sie Übergewicht. Sie fragten mich, ob ich mich nicht zu ihnen setzen wollte.
Fúlvia paßte das gar nicht, sie warf mir einen wütenden Blick zu, als sie den Saal mit ihrem Privatschwimmer durchquerte. Die beiden Ehepaare sagten: Wir spielen

wahnsinnig gerne Bridge, den Karneval werden wir in Bahia verbringen, wir sind begeisterte Wasserskiläufer. Der einzige, der Ich sagte, war ich selbst. Bevor ich auf mein Zimmer ging, unmittelbar nachdem Fúlvia sich aus dem Saal zurückgezogen hatte, sagte eine der Frauen zu mir, wir würden gerne etwas wissen, was uns seit gestern beschäftigt. Weshalb sind Sie alleine in dieses Hotel gekommen? Ich antwortete, daß ich die Einsamkeit liebe, und die eine meinte, sie wären aufdringlich gewesen, ich lachte, aufdringlich, aber nein doch, keineswegs, sagte ich, es war sehr nett von Ihnen, einen Single zum Abendessen einzuladen, überaus zuvorkommend, ich mag die Einsamkeit, sagte ich, aber zuweilen tut Abwechslung, tun Menschen gut, sagte ich, ich glaube, ich hatte zuviel getrunken, wir kommen aus Valinhos, erklärten sie, bei so einem Pony, dachte ich, wäre diese Erklärung gar nicht nötig gewesen. Valinhos. Ich ging auf mein Zimmer, mit vom Wein benebeltem Kopf, ich hätte nicht so viel trinken dürfen. Ich legte mich ins Bett und schlief ein, wie, weiß ich nicht.

Ich wurde davon wach, daß Fúlvia mich mit dem Ellenbogen anstieß. Was ist los? fragte ich. Sprich leise, sagte sie. Ich glaube, ich habe es mit dem Beruhigungsmittel zu gut gemeint. Die Schlange hat schon zugebissen. Er ist bloß noch nicht aufgewacht. Wieso nicht? fragte ich. Ich kann das auch nicht verstehen, sagte sie, es müßte ihm eigentlich schlecht gehen. Ich werde noch ein Weilchen abwarten, laß uns ein bißchen Zeit gewinnen. Ich gehe ins Badezimmer, und wenn ich wieder heraus-

komme, schreie ich. Er wird aufwachen, und du tust, was wir verabredet haben.
So machte ich's. Ungefähr zehn Minuten blieb ich noch im Bett liegen und wartete, mir war schwindelig. Als ich Fúlvias Schrei hörte, ging ich zum Nebenzimmer, klopfte an die Tür. Niemand antwortete. Hatte Fúlvia tatsächlich geschrien, überlegte ich, oder war ich womöglich eingeschlafen und hatte geträumt, daß sie schrie? Nein, dachte ich. Sie hatte geschrien, ich hatte ihre Schreie gehört. Ich klopfte noch einmal, nichts. Ich drehte den Türknauf, ging hinein, und so weckte ich Ronald auf.
Wer sind Sie? fragte er, schnellte aus dem Bett und zog seine Sandalen an. Er trug einen gestreiften Schlafanzug. Ich habe jemanden um Hilfe rufen gehört, sagte ich. Wer hat um Hilfe gerufen? wollte er wissen.
Fúlvia kam mit nassem Haar aus dem Bad und war gerade dabei, ihren Trainingsanzug überzuziehen.
Was ist los? fragte sie. Dieser Mann, antwortete Ronald, dieser Mann ist hereingekommen und hat gesagt, er hätte jemanden um Hilfe rufen gehört. Ja, ich habe gehört, wie jemand um Hilfe geschrien hat, sagte ich, ich weiß nicht, ob es hier gewesen ist. Vielleicht war es im Fernsehen, meinte Fúlvia. Es könnte draußen gewesen sein, sagte Ronald.
Nichts deutete darauf hin, daß Ronald Schmerzen verspürte, er verhielt sich ganz normal.
Sie mögen entschuldigen, aber ich habe deutlich vernommen, wie jemand um Hilfe gerufen hat, sagte ich. Wir können in der Zentrale anrufen, schlug Ronald vor.

Nein, sagte Fúlvia. Warum nicht? fragte Ronald. Wir können nichts sehen, meinte er, und es ist ja möglich, daß irgend jemand ein Problem hat. Sie haben recht, pflichtete ich ihm bei. Ronald, sagte er und streckte mir die Hand entgegen, sehr erfreut, entschuldigen Sie den Schlafanzug. Sie sind der Gast aus Nummer 9? Genau, antwortete ich. Mein Name ist José Guber. Meine Frau, Fúlvia, sagte er, sehr erfreut, sagten Fúlvia und ich, wäre es nicht besser, in der Zentrale anzurufen?

Fúlvia griff nach dem Telefonhörer, und dann, ohne daß ich im geringsten darauf gefaßt gewesen wäre, packte Ronald einen Stuhl und riß ihn in die Höhe. Ich dachte, er wollte auf mich einschlagen, doch mit einer raschen Bewegung traf er den Kopf der Jararaca, die sich neben dem Kleiderschrank befand und sich anschickte, mich anzugreifen.

Schau nur, Ronald, diese Jararaca ist hier hereingekommen, um die Kröte zu jagen, die wir im Badezimmer gefunden haben, sagte Fúlvia und hängte den Hörer auf die Gabel. Wir haben heute im Bad nämlich eine Kröte gefunden, erklärte Ronald, eine riesige Kröte, sie war auf der Flucht, das arme Tier. Sie wollte mich angreifen, sagte ich, Sie haben mich gerettet.

Ronald ging auf den Balkon, und Fúlvia und ich folgten ihm. Es war stockfinster. Ronald fing ein fades Gespräch über Mystizismus und Menschen mit übersinnlichen Kräften an, er glaubte daran, daß seine verstorbene Mutter die Fähigkeit besessen hatte, Dinge vorauszusehen. Einmal zum Beispiel hatte sie erzählt, daß sie von Rosen geträumt hätte, und am darauffolgenden

Tag sei Tante Rosa gekommen. Bei einer anderen Gelegenheit hatte sie von Kartoffeln geträumt, und unmittelbar darauf hätte er von einer Großtante eine Kartoffelplantage geerbt.
Dann verzog Ronald plötzlich das Gesicht. Mein Fuß tut weh, sagte er.
Um Gottes willen, Ronald, rief Fúlvia, sie hat dich gebissen, hier sind zwei Bißstellen. Wir brauchen dringend Antischlangenserum. Sie schaute mich an. Könnten Sie freundlicherweise zur Fazenda-Zentrale gehen? Die müßten Serum da haben.
Dona Iolanda wurde nervös, als sie von dem Unfall erfuhr. Ich habe kein Serum, sagte sie, ihre dicken Patschhändchen an die Wangen geschlagen. Hier ist noch nie ein Unfall passiert. Noch nie. Ich ging zurück zum Zimmer der beiden und teilte ihnen mit, daß im Hotel kein Serum vorhanden sei, daß ich sie aber zur nächsten Erste-Hilfe-Station bringen könnte. Legen Sie die Jararaca ins Auto, sagte Fúlvia.
Es dauerte, bis mein Wagen ansprang. Fúlvia war furchtbar nervös, und zwar wirklich, sie tat nicht nur so. Ronalds Selbstbeherrschung beeindruckte mich. Ihr seid viel zu nervös, es ist doch nur ein Schlangenbiß, wenn ich das Serum bekomme, bin ich wieder okay, sagte er. Doch als wir nach São Francisco kamen und die Information erhielten, daß kein Serum vorrätig sei, fing er an zu schwitzen und zu zittern, und später dann, als ich das Auto an einer Haltebucht abstellte und mitteilte, daß wir einen Platten hätten, da weinte der Mann, er weinte wirklich, sagte, er wolle nicht sterben, und es

wurde immer ärger, ich will mich nicht von dir trennen, Tica, sagte er, Tica war der Kosename, den Ronald Fúlvia gegeben hatte, und sie nannte ihn Tico, keine Panik, Tico, du kommst wieder in Ordnung. Ronald mußte sich drinnen im Auto übergeben, derweil ich den Reifen wechselte. Fúlvia streckte den Kopf aus dem Fenster.
Tica, sagte ich. Ich habe noch nie eine so verheerende Giftschlange gesehen, antwortete sie im Flüsterton.
Um fünfzehn Minuten nach Mitternacht erreichten wir das Krankenhaus von São José. Ronald wurde von den Krankenschwestern mitgenommen. Kurze Zeit später teilte ein Arzt uns mit, daß Ronald ins Koma gefallen war.

14

An: Wilmer *Von:* José Guber

Der degenerierte Epileptiker, von Keith Findley

(Wilmer, die Figur ist von dem Verbrecher Lombroso inspiriert. Die Geschichte sollte des Ambientes wegen im 19. Jahrhundert spielen, denn die Thematik ist mit den wissenschaftlichen Erkenntnissen dieser Zeit verknüpft.)

Diogo, von Beruf Maschinist, ist der geborene gescheiterte Verbrecher, weil er niemals jemanden umgebracht hat, außer einer Katze, die er totgetreten hat. Er besitzt einen lombrosianischen Schädel und leidet unter verhaltenspathologischer Epilepsie. Sein Problem: sein erblich bedingter Frauenhaß, ein Haß, der aus dem fortlaufenden Verrat herrührt, dem die Männer seit der Zeit der Höhlenmenschen zum Opfer gefallen sind, seit nämlich die prähistorischen Frauen in Zeiten, wenn die Männer zur Hirschjagd oder in den Krieg zogen, diese dazu nutzten, sie zu betrügen. (Wilmer, mir ist gerade ein anderer Titel eingefallen: *Das verhängnisvolle Erbe.)*
Eva, eine frisch verheiratete, junge, hübsche und

sinnliche Frau, tötet auf einer Eisenbahnfahrt mit Hilfe ihres Ehemannes ihren Patenonkel, den Millionär Ernest (dessen Erbin sie ist). Diogo, der Maschinist, wird Zeuge des Verbrechens. Ein blutbeflecktes Band wird zwischen ihnen geknüpft. Diogo verliebt sich in die Mörderin weder aufgrund ihrer Schönheit noch wegen ihrer Qualitäten, sondern genau deshalb, weil sie eine Mörderin ist. (Wilmer, ich habe mir überlegt, folgende Parallele herzustellen: Evas Verbrechen ist das Kunstwerk, sie, die Mörderin, die Künstlerin, und er ist der potentielle Künstler, der die Qualen des schöpferischen Prozesses durchleidet.) Eines Tages gesteht Eva Diogo ihre Tat (die Geheimnisse ihrer Kunst), und während er die Einzelheiten des Mordes (des Kunstwerks) erfährt, nimmt er seinen ganzen Mut zusammen, bringt Eva um und vollbringt damit sein eigenes Werk. Letzte Szene: Diogo, der Maschinist, wird von einem Bewunderer Evas in das Räderwerk des Zuges gestürzt und stirbt.
Gruß,
Guber

Von: Wilmer — *An:* José Guber

Was ist mit Ihnen? Verbringen Sie Ihre Zeit jetzt beim Psychoanalytiker auf der Couch?
Das Exposé zu *Der degenerierte Epileptiker* ist in den Papierkorb gewandert. Ihre Frist ist abgelaufen.
Ich will mit Ihnen sprechen.

Reichen Sie sich selbst die Hand

Ich erkläre
daß Ihr, um leben zu können, Euch von Kopf bis
Fuß mit Augen ausrüsten müßt: Nicht nur mit
Hohlräumen für die Augen in Euren Rüstungen,
sondern mit riesigen, offenen, wachen Augen.
Augen in den Ohren, um all die Falschheit, all die
Lügen zu entdecken, Augen an den Händen,
um das zu sehen, was die anderen nicht geben,
und wichtiger noch, was sie nehmen, Augen an den
Armen, um Eure Fähigkeiten zu ermessen, Augen auf
der Zunge, um über das nachzudenken, was Ihr sagt,
Augen in der Brust, um Eure Geduld entwickeln zu
helfen, Augen im Herzen, um Euch vor dem ersten
Eindruck zu bewahren, Augen in den Augen selbst,
um zu sehen, wie sie sehen.

Baltasar Gracián
El Criticón

15

Jemandem ein Messer in den Rücken zu stoßen ist eine Sache, etwas vollständig anderes dagegen ist es, einer Schlange die Arbeit zu erleichtern. Es war gleichermaßen ein Verbrechen, doch Tatsache ist, daß ich mich nicht wie ein Mörder fühlte, es ging mir blendend, keinerlei Schuldgefühle, kein schlechtes Gewissen, ich war gelassen, fuhr friedlich auf der Dutra, der Autobahn, die Rio mit São Paulo verbindet, verspürte lediglich ein wenig Müdigkeit. Bei einer Tankstelle hielt ich an und trank einen Kaffee. Als ich zum Wagen zurückkam, stellte ich fest, daß ich die tote Jararaca auf der Rückbank vergessen hatte. Ich warf sie die Böschung hinunter.

Fúlvia hatte gesagt, Ronald würde innerhalb von weniger als acht Stunden sterben. Sie hatte die Familie benachrichtigt, die Cousins, sie konnten jeden Augenblick eintreffen. Wir hielten es für besser, daß ich nach São Paulo zurückkehrte. Wir verabredeten, daß ich weder zur Totenwache noch zur Beerdigung kommen sollte, Fúlvia würde mich telefonisch über alles auf dem laufenden halten.

In São Paulo gab ich erst mal den Wagen bei der Autovermietung zurück. Ich ging bei einer Bäckerei vorbei und kaufte eine Schachtel gemischter Pralinen für

meine Mutter. In einer Tierhandlung kaufte ich auch zwei Mäusebabies für meine Sucuri.
Auf meinem Anrufbeantworter waren jede Menge Nachrichten. Die meisten stammten von Wilmer, der Arbeit von mir sehen wollte.
Ich duschte, legte mich aufs Bett und wartete. Nach meiner Rechnung mußte Ronald bereits tot sein. War er aber nicht. Ronald lag, den Leib voller Schläuche und Nadeln, auf der Intensivstation und lebte noch. Die Funktion der Lungen wurde mittels eines Beatmungsgerätes aufrechterhalten, und das Herz, das bereits einen Stillstand erlitten hatte, schlug dank einer Herzmaschine weiter. Das hatte mir Fúlvia am Telefon mitgeteilt. Ich kann gar nicht abwarten, bis endlich alles vorbei ist, sagte sie, ich will dich heiraten.

Am Montag ging ich sehr zeitig in den Verlag. Meine Frist war abgelaufen, ich könnte um eine weitere Woche Aufschub bitten, ich könnte um einen Vorschuß bitten, so meine Vorstellung. Gehen Sie nicht mehr ans Telefon? fragte mich Wilmer gleich, als er mich sah.
Mit meinem Äußeren schien es nicht zum besten zu stehen. Wilmer grinste. Da ging mir ein Licht auf. Seit zwei Jahren war ich in diesem Loch, endlich war der Tag gekommen. Ich grinste nicht zurück. Möchten Sie einen Kaffee? fragte er, Ingrid, bringen Sie uns bitte zwei Kaffee hierher. Und? Haben Sie's nicht geschafft? Nein, habe ich nicht, sagte ich.
Ingrid kam mit zwei Einwegbechern.
Ich weiß, was mit Ihnen los ist, fuhr Wilmer fort, das

nennt man schöpferische Krise. Ich dachte, Sie wären einer der wenigen, die in der Lage sind, die Torturen der schöpferischen Arbeit durchzustehen. Schreiben ist die Hölle. Jeder andere Beruf ist besser. Müllmann zum Beispiel. Manchmal sehe ich einen dieser Kerle im Regen oben auf so einem Laster voller Dreck und denke, dieser arme Teufel hat wenigstens Samstag und Sonntag. Es gibt niemanden, der die Schriftsteller so gut kennt wie ich. Das einzige Buch, das ihr ohne Probleme schreibt, ist euer erstes. Beim zweiten werdet ihr mit der Sinnkrise konfrontiert, um zu sehen, ob ihr wirklich Schriftsteller seid oder ob es nur Mist war. Beim dritten Roman kommt die Stilkrise. Beim vierten die Krise der Suche nach dem Stil des ersten Buchs. Es ist wie mit der Ehe, eine Krise nach der anderen. Der Vorteil ist, daß die Ehe ein Ende hat. Ich arbeite seit zehn Jahren mit Schriftstellern und kann bestätigen, daß ihr verteufelt viel durchmachen müßt. Paulinho rief mich letztes Jahr eines Morgens früh an und erzählte mir, er könne nicht schreiben. Heute sitzt er da und produziert die besten Western im Verlag. Sie befinden sich in einer Krise. Das macht nichts. Ihre Bücher haben mir immer sehr gut gefallen, Sie haben eine gute Schreibe, haben einen ausgeprägten Stil, das sage ich immer wieder. Aber Ihnen fehlt das nötige Adrenalin.

Gleich beim Reinkommen war mir klar gewesen, daß dieser Wichser mich vor die Tür setzen wollte. Das nötige Adrenalin, verstehen Sie? Der eine hat's, der andere nicht, so ist das eben, sagte er. Ich hatte das Spielchen kapiert, seit er mir den Kaffee angeboten hatte. Er bot mir nie Kaffee an. Wilmer kostete schon die Vorfreude aus, mich rauszuschmeißen, es gibt einen Typ von Arschloch, dessen größtes Vergnügen darin besteht, zu seinen Untergebenen zu sagen, Sie sind entlassen. Aber Sie haben auch sehr viele Qualitäten, sagte er, Ihnen fehlt zwar das Adrenalin, aber zum Ausgleich dafür haben Sie, hören Sie, Wilmer, unterbrach ich ihn, diesen Gefallen wollte ich ihm nicht tun, passen Sie auf, Wilmer, ich möchte hier nicht länger arbeiten, machen Sie mir meine Abrechnung fertig. Wie bitte? fragte er überrascht. Seine perplexe Stimme versuchte freundlich zu klingen, ich wollte Ihnen gerade das Angebot machen, Chefredakteur der Zeitschrift *Selbst ist der Millionär* zu werden, die wir in zwei Monaten herausbringen wollen, sagte er, Sie wissen ja, daß *Garderobe zum Selbernähen* und *Kosmetik zum Selbermachen* sich gut verkaufen. Die Leute sind von diesem Fieber erfaßt, alles selber machen zu wollen. Wir werden auch noch Eis *zum Selbermachen* und *Selbersparen leichtgemacht* herausbringen. Sind Sie sicher, daß Sie gehen wollen? Ich hatte Lust, mir selbst eins in die Fresse zu hauen.

Wollen Sie sich's nicht noch mal überlegen? Denken Sie an das Gehalt. Es ist ein gutes Gehalt. Und Sie brauchen nicht zu schreiben. Nein, sagte ich, ich will meine Abrechnung.

Ich dachte, er würde insistieren, woher sollte ich's auch wissen? Wilmer kam zu dem Schluß, daß es für mich keine Umkehr gab. Aber der Wichser hatte falsch verstanden, am Ende war ich der Angeschmierte.

Sprechen Sie mit Fuinha von der Buchhaltung, sagte er

und griff nach dem Telefonhörer, ich sage ihm gleich Bescheid, daß Sie vorbeikommen.
So ist das Leben. Ohne Arbeit, von einer Frau, die Schlangen züchtete, um den Verstand gebracht, darauf wartend, daß ein Mann sterben würde, ohne Geld, ohne Perspektive, und mit einer Mutter zu Hause, die von Tag zu Tag wahnsinniger wurde. Und dabei den Hochmütigen mimen. Das reichte.

16

Den gesamten Montagnachmittag über rief Fúlvia nicht an. Abends ging ich zum Kiosk und kaufte ein paar Zeitungen. Nichts. Es war undenkbar, daß eine derartige Nachricht nicht in der Zeitung stehen sollte. Ich kannte die Redaktionen noch aus meiner Zeit als Schlußredakteur, eine solche Nachricht wog zum Beispiel zehn Verkehrsunfallmeldungen auf. Ich kann mich noch an einen Jungen erinnern, der beinahe von einem Krokodil aufgefressen worden wäre, sie waren begeistert davon. Eine ganze Woche lang wurde über Krokodile geredet, Interviews mit dem Arzt, der den Jungen behandelt hatte, mit den Eltern, mit dem Kleinen, und zu ihrem Glück hatte sich der Unfall auch noch in Miami ereignet, in Brasilien ist Miami das Größte, es war der Renner.

Ronald war noch am Leben, das war es, was das Schweigen der Zeitungen mir mitteilte. Es gibt eben Leute, bei denen dauert es, bis sie sterben.

Als ich nach Hause kam, war keine Nachricht von Fúlvia hinterlassen worden. Nur Ingrid hatte angerufen und sich angeboten, mich bei einem Verlag für Selbsthilfeliteratur vorzustellen. Ich überlegte, ob ich mich bedanken sollte, aber ich wollte das Telefon nicht blockieren, womöglich rief Fúlvia an. Dieses Mädchen, diese Ingrid, ich schenkte ihr nicht allzuviel Beachtung, und

dabei sorgte sie sich um mich, rief mich an, wollte wissen, was mit mir war, und mir eine Arbeit besorgen.
Die folgenden Tage waren genauso beschissen. Todesfälle. Ihre Söhne, Enkelkinder und Schwiegertöchter geben tief bewegt bekannt, daß Ruth dos Santos am 1. verstorben ist. Alice Alves, 90 Jahre alt, Witwe. Sie hinterläßt Kinder. José Eustáquio Martins de Souza, Witwer. Rafael Scon. Neunzehn Tote. Alle Leute starben, außer Ronald. Ich las jeden Morgen die Todesanzeigen, noch vor den Stellenanzeigen. Den Tag begann ich bereits in gereizter Stimmung. Fúlvia rief nicht an. Im Krankenhaus war von der Tante am Telefon immer der gleiche Text zu hören, das klinische Bild des Patienten ist weiterhin unverändert, mein Herr.
Ich setzte den Fuß nicht vor die Tür. Meine Zeit verbrachte ich neben dem Telefon, las, wartete, sah fern, ernährte mich schlecht, und mein Geld ging zur Neige.
Am Donnerstag hielt ich die Warterei nicht länger aus. »Autor erotischer Erzählungen gesucht. Gute Bezahlung.« Ich schnappte mir die Zeitung und ging mich um mein Leben kümmern.

17

Die Zeitschrift *Ohne Tabu* gehörte einem Argentinier namens Santamaria. Mir wurde ein Exemplar zur Ansicht in die Hand gedrückt, während ich im Vorzimmer wartete. Ich blätterte drin herum. Drittklassige Primitivität, Vaginas, Penisse, Beischlafszenen und Oralverkehr.

Santamaria empfing mich in seinem Büro und musterte mich mißtrauisch. Vielleicht sah ich nicht besonders aus. Mir fiel auf, daß er es vermied, mir die Hand zu geben. Alle unsere Autoren müssen die Stechuhr benutzen, erklärte Santamaria. Die Arbeitszeit ist von zwölf bis zwanzig Uhr. Ich gestatte nicht, daß irgendwer sich Arbeit mit nach Hause nimmt. Auch keine Fotos. Wir tragen Anzug und Krawatte bei der Arbeit. Es ist untersagt, in der Redaktion Vulgärausdrücke zu verwenden.

Er übergab mir eine Mappe mit Fotos von einem schwarzen Liliputaner, der es mit einer Blondine trieb.

Ich weiß, daß Sie ein Mann mit Erfahrung sind, aber wir müssen Ihre Schreibe analysieren. Der Test ist einfach. Es reicht, wenn Sie eine Geschichte zu diesen Fotos schreiben. Sechzig Zeilen höchstens.

Wir gingen in die Redaktion, drei junge Männer in Anzug und Krawatte schrieben auf der Schreibmaschine. Sie können diese hier nehmen, sagte Santamaria zu mir und zeigte auf eine elektrische Olivetti. Kaum daß er gegangen war, wollte einer der Schreiberlinge meine Fotos sehen.

Da kann man richtig was draus machen, sagte einer. Wissen Sie, wie Ihre Geschichte aussehen muß? Es muß gevögelt werden, daß sich die Balken biegen. Das ist Vorschrift. Haben Sie sich schon ein Pseudonym zugelegt?

Es gelang mir gar nicht mal so schlecht. Ich schrieb eine Geschichte über die Liebe zwischen einem Liliputaner vom Zirkus und einer Kassiererin, die noch Jungfrau war; nachts, wenn alle schlafen gegangen waren, schlüpften die beiden in den Löwenkäfig, um sich zu lieben.

Bocage Manuel? Ist das Ihr Pseudonym? fragte der Verleger, als er am Ende des Tages meinen Text entgegennahm. Ja, antwortete ich, aber ich kann es ändern.

Santamaria las die Erzählung schweigend durch, räusperte sich von Zeit zu Zeit und wollte mich anrufen, sobald er eine Antwort hätte. Er rief nicht an. Weder er noch Fúlvia.

Am darauffolgenden Tag wurde ich davon wach, daß es klingelte. Ich schaute auf den Wecker, acht Uhr. Die Quälerei hatte ein Ende, Ronald war gestorben. Das ist Fúlvia, überlegte ich, wer sonst sollte wohl morgens um acht bei mir an der Wohnungstür klingeln? Jetzt, dachte ich und sprang aus dem Bett, jetzt kommt der einfachere Teil, die Totenwache, die Beisetzung und fertig. Ich öffnete die Tür, guten Morgen, sagte der Hauswart, entschuldigen Sie die Störung, ich müßte mal kurz mit Ihnen sprechen. Ich war ganz geknickt, ich wußte genau, welches Motiv dieses Männlein mit seiner armseligen Erscheinung in meine Wohnung führte. Ich bat ihn herein. Wir sind sehr dankbar für das, was Ihre Frau Mutter mit den fliegenden Händlern gemacht hat, sagte er. Sie hat dem Durcheinander und dem illegalen Handel in unserer Straße ein Ende bereitet. Aber was die Predigten angeht, wissen Sie, Herr Guber, ich bin ja für Ordnung. Obwohl ich katholisch bin, wenn auch nicht aktiv, glaube ich, daß wir unsere Religion niemandem aufzwingen dürfen. Außerdem ist Ihre Frau Mutter keine, sagen wir, kirchliche Autorität, sozusagen. Ich möchte niemanden kränken, aber vor Gott, oder besser vor der Kirche, ist Ihre Frau Mutter ein Niemand. Darin müssen Sie mir zustimmen. Wer ist Ihre Frau Mutter, um Gottes Wort zu verkünden?

Er packte gleich die Gelegenheit beim Schopfe, um die ausstehenden Betriebskosten von mir zu kassieren.

Dieser Mensch ist ein unverschämter Lümmel, sagte meine Mutter, als ich ihr von dem Besuch berichtete. Das heißt, Kakifruchtverkäufer sind erlaubt, Dampfreiniger sind erlaubt, Scherenschleifer sind erlaubt, gehupt werden darf, alles ist erlaubt. Aber Gottes Wort will keiner hören. Geh hin und sag diesem Dienstmädchenbeschäler, daß ich nicht aufhören werde. Wer über mich zu bestimmen hat, ist Gott.

Ich überlegte den ganzen Tag, ob ich aus dem Haus gehen und mir Arbeit suchen sollte; der Stellenanzeigenteil der Zeitung lag aufgeschlagen da, lauter Mist. Was das Hocken neben dem Telefon und Auf-den-Boden-Starren anging, war ich spitze. Die Zeit wollte nicht vergehen. Ich beschloß, einen Schlußstrich zu ziehen. Halb drei. Ich nahm alle Bücher, die auf dem Boden herumlagen, und fing an, sie in alphabetischer Reihenfolge ins Regal zu stellen. Dann nahm ich eine Reinigung meines Schreibtisches vor, säuberte die Tastatur meines Computers mit einem Wattestäbchen, wischte den Bildschirm des Monitors mit Spiritusreiniger ab, räumte meine Papiere auf. Halb vier. Ich holte den Korb mit der Schmutzwäsche, füllte Waschpulver in die Waschmaschine, wusch alle Wäschestücke und wrang sie aus. Damit bekam ich eine weitere halbe Stunde herum. Den Rest des Tages verbrachte ich in der Horizontalen, das Telefon neben mir.

Am Abend, nachdem ich das Essen für meine Mutter zubereitet und das Geschirr abgewaschen hatte, wußte ich nicht mehr, wohin mit mir, diese Geschichte, die in mir vor sich hin gärte, ich hielt es nicht mehr aus. Wir haben einen Menschen umgebracht, und sie ruft mich nicht einmal an, um mir mitzuteilen, daß er gestorben ist. Ob sie wohl bei der Totenwache war? Eine Totenwache macht viel Arbeit, überlegte ich, die Vorbereitung, den Toten waschen, ihn anziehen, die Blumen, die Beisetzung. Ich habe nie an diese fadenscheinige Ausrede geglaubt, daß es keine Möglichkeit zum Telefonieren gegeben hat. Eine Frau, die verliebt ist, läßt ihren Ehemann durchaus alleine im Sarg liegen und geht, um mit ihrem Geliebten zu telefonieren. Ich werde sie anrufen, überlegte ich, griff nach dem Telefon, ist mir völlig egal, ich rufe jetzt im Krankenhaus an, lasse Fúlvia ans Telefon holen, verlange von ihr eine Erklärung. Als ich den Hörer abnahm, fiel mir auf, daß die Leitung tot war.

Ich ging zum Fernsprecher an der Ecke und rief bei der Telefongesellschaft an. Ihr Telefon ist abgestellt worden, weil die Rechnung nicht bezahlt worden ist, wurde mir mitgeteilt.

Ich rief im Krankenhaus an und ließ Fúlvia holen. Es dauerte, bis sie an den Apparat kam. Ihre Stimme klang wie aus weiter Ferne, sie sagte, sie könne nicht sprechen. Ich fing zu schreien an, du wirst sehr wohl reden, meine Liebe, schrie ich, alles wirst du mir erzählen, ich drehe hier langsam durch ohne Nachrichten, immer mit der Ruhe, sagte sie, zum Teufel mit der Ruhe, schrie ich, du kannst gleich hingehen und alles ausplaudern, wenn du nicht willst, daß ich noch in dieser Sekunde zu diesem beschissenen Krankenhaus fahre. Sie sagte, Ronald sei aus dem Koma erwacht, er befinde sich außer Gefahr. Was für eine Scheißjararaca ist das bloß gewesen? fragte ich, und das dämlich dreinschauende Mädchen, das hinter mir stand und darauf wartete zu telefonieren, sah mich erschrocken an, bei mir dauert es noch länger, sagte ich zu ihm, gehen Sie zu einer anderen Telefonzelle, Fúlvia, sagte ich, hallo, ich kann jetzt nicht sprechen, antwortete Fúlvia, Ronald wird gerade in die Chirurgie verlegt, sie werden ihm das Bein amputieren.

Halt die Leitung frei. Geh nicht aus dem Haus. Ich rufe dich an.
Ich kehrte zurück nach Hause, die Sache wurde langsam immer schlimmer. Ich verspürte eine namenlose Traurigkeit. Jemanden zum Krüppel zu machen, verfluchte Scheiße, das war eine Gemeinheit.

18

Ich erklärte dem Typ, daß eine Schlange wie diese keinen Preis habe, erstens, weil niemand so dumm sei, herumzulaufen und eine Sucuri feilzubieten, es sei vorzuziehen, mit zehn Kilo Kokain gefaßt zu werden, sagte ich, als dabei geschnappt zu werden, ein Tier unserer Fauna zu verkaufen, sie wüßten ganz genau, daß dergleichen ein Verbrechen sei, für das man ins Gefängnis kommt. Ich erklärte, was ich bereits für Jungtiere, Mäuse, den Tierarzt, Zubehör ausgegeben hatte; strenggenommen, sagte ich, strenggenommen hat diese Schlange keinen Preis, aber ich verkaufe sie für dreihundert Dollar.

Wir befanden uns in den Hinterräumen einer Tierhandlung, ich versuchte, den Besitzer zu überreden, meine Sucuri zu kaufen. Er bot mir zweihundert Dollar. Ich packte die Sucuri in die Schachtel. Zweihundertfünfzig ist mein letztes Angebot, sagte er. Ich willigte ein.

Auf alles konnte ich verzichten, Essen, Bett, Schlangen, Arbeit, Wasser, alles mögliche, aber mein Telefon mußte funktionieren. Fúlvia würde jeden Moment anrufen, sie hatte gesagt, daß sie anrufen würde. Ich ging bei der Telefongesellschaft vorbei und bezahlte meine ausstehende Rechnung. Anschließend rief ich beim Verlag an

und fragte Ingrid, ob ihr Angebot, mir einen Job zu besorgen, noch stehen würde.
Es war nicht das erste Mal, daß ich von Universalis hörte, einem Verlag für Selbsthilfeliteratur, bei dem Mirna, eine Freundin von Ingrid, als Sekretärin arbeitete.
Mirna, in einem engen hellrosa Kostüm, das ihre Pölsterchen betonte, und mit süßlichem Parfüm, zeigte mir den ganzen Verlag, und was den Stil der Amis und seine Imitation anbetrifft, habe ich noch nie Vergleichbares gesehen. Abgesehen von Mirnas ganz in Mahagoni und Leder gehaltenem kleinen Büro bestand der Rest aus zwei mal zwei Meter großen Zellen, in denen die Verkäufer arbeiteten. An den Wänden Dutzende von Plakaten mit Sprüchen, in denen es um Erfolg im Beruf ging. Acht von zehn Worten aus Mirnas Mund hießen Jequitibá, der wichtigste Autor des Verlags.
Es lagen mehrere Bücher von Pedro Jequitibá in den Regalen im Vorzimmer aus. *Wie man Erfolg und Einfluß gewinnt* (ein Buch voller Anregungen, das Ihnen zu beruflichem Erfolg verhilft). *In Interaktion mit meinem Selbst* (Schuber mit Video und zwei Büchern über Ihr spirituelles Wesen und die Kraft Ihres Selbst, Mentalhygiene, Geld, Erfolg, Einfluß und Arbeit). *Was tun, um ganz nach oben zu kommen?* Auf allen Buchumschlägen befand sich ein Foto von Pedro Jequitibá, ein lächelnder Indianermischling, dieser Typ Mensch, bei dem man nicht weiß, ob er in Korea oder in Roraima auf die Welt gekommen ist. Der Klappentext war immer der gleiche, Tips zu persönlichem und beruflichem Erfolg. Der Gedanke des Vorwärtskommens und Zurechtkommens im Le-

ben war die Seele des Geschäfts von Pedro Jequitibá, daraus machte er keinen Hehl. Im übrigen war dies auch die Philosophie des Verlags. Bücher waren für diese Leute ungefähr das gleiche wie Saftpressen, wie irgendein Haushaltsgerät, etwas Nützliches, das sofortigen Gewinn abwerfen mußte.

Dieses Land ist ein Stall voller Idioten, sagte Ingrid, die mit mir zusammen am Empfang wartete. Das Pack liest nur Schund, Gedichte will keiner lesen, *Wie man Erfolg und Einfluß gewinnt* wollen sie lesen. Siebenhunderttausend Exemplare, sechsundvierzig Auflagen, zweifellos, sagte sie, man muß sich nur umschauen, jeder, der einem begegnet, auf der Straße, hier, überall, die Sekretärinnen, die Manager, die Studenten, Politiker, Lehrerinnen, Hausfrauen, Väter, Mütter, alle Leute um uns herum, die ganze Stadt, allesamt sind sie Idioten, eine große Ansammlung von Idioten, und wenn diese Idioten eine Buchhandlung betreten, dann, um diese Art von Schund zu kaufen, den ich in der Hand halte. Siebenhunderttausend Exemplare. Fast eine Million. Macht Sie das nicht wütend?

Mir war alles recht, solange ich mein Geld bekam.

Das erste, was man sehen konnte, wenn man das Büro von Laércio Arruda, dem Besitzer von Universalis, betrat, war ein riesiges Poster von Pedro Jequitibá. Der Mann redete wie ein Wasserfall. Er war hochgradig aufgeregt wegen eines Artikels, den er gerade in der Zeitung gelesen hatte und der sich mit der Veröffentlichung von Ratgebern beschäftigte, die eine Anleitung

zum Stehlen, zum Betteln und zum Verkauf des eigenen Körpers an Labors zum Zweck wissenschaftlicher Forschung boten. Ich überflog den Stoff und las Sachen wie *Vermieten Sie Ihren Körper an die Wissenschaft* – Alle Tips für Leute, die mit der Teilnahme an Labortests Geld verdienen wollen. *Taschenratgeber für Arbeitslose, die betteln müssen.* Die besten Tips, um auf Leute zuzugehen, je nach Zielsetzung: Geld (das Hauptziel), Unterkunft, Essen, Tips zu den günstigsten Bettelplätzen, und am Schluß eine Analyse der Psychologie des Spenders (»Angst und Schuldgefühle sind die besten Verbündeten des Bettlers«). Es stand nicht ganz genau so da, ich sage es mit meinen Worten. Einen Ratgeber gab es, der dem Leser beibrachte, wie man Lebensmittel im Supermarkt klaut, indem man die Alarmanlage und die Videokameras überlistet.
Wir leben in einem Land von Gaunern, sagte Laércio, wir haben viel zu sagen. Wie man bei der Einkommenssteuer schummelt. Wie man seinen Kompagnon beklaut. Wie man Strom von der Straße oder im Haus abzweigt. Würden Sie das machen? Nein, das ist Wahnsinn, dummes Zeug, nur so ein Gedanke, der mir durch den Kopf ging. Ich denke laut. Vergessen Sie's. Diese Masche zieht in Brasilien nicht. Unser Geschäft ist Pedro Jequitibá. Haben Sie seine Bücher schon gelesen? Es sind Klassiker der Selbsthilfeliteratur. Wir werden jetzt einen Schuber mit drei phantastischen Titeln herausbringen. Jequitibá hat sich immer mit dem Universum der Menschen beschäftigt, die Schwierigkeiten haben, ja zu sich selbst zu sagen. *Glücklichsein kann man lernen* ist

für diejenigen, die das Glück nicht annehmen können. Es gibt Leute, die sich dem Unglücklichsein verpflichtet haben, sicherlich kennen Sie welche. Alles muß ihnen ein schlechtes Gefühl bereiten. Wenn die Kinder sonntags nicht zum Mittagessen erscheinen, beschweren sie sich über die Einsamkeit, kommen sie, beschweren sie sich, daß sie das Essen vorbereiten müssen. Das Buch wird sie lehren zu sagen: Ja, ich kann, ja, ich will glücklich sein, ja, ich sage ja dazu, daß es mir gutgeht, ja, ich lasse es zu, daß ich Spaß dabei habe, Makkaroni zu kochen und das Geschirr zu waschen, denn ich bin es wert, mit meinen Kindern zu Mittag zu essen.
Bei der Umschlaggestaltung von *Glücklichsein kann man lernen* war, um mit Laércios Worten zu sprechen, das Konzept des *be happy* verwendet worden, was soviel heißt, es war schamlos dessen blödsinniges Maskottchen mit seinem ins Gesicht genähten Lächeln abgekupfert worden.
Neinsagen kann man lernen ist für eine andere Leserschaft, sagte Laércio, für die pathologisch Opferbereiten, diese Typen, die sich dazu verpflichtet fühlen, alles zu machen, worum sie gebeten werden, sie haben bestimmt so eine Tante. Und dann gibt es noch *Vielleichtsagen kann man lernen,* das auf dem Gedanken Platons aufbaut, demzufolge die wichtigste aller Tugenden der Sinn für das Maß ist, und der Sinn für das Maß ist die goldene Mitte. Die Philosophie des Vielleicht besagt, erst denken, dann handeln. Zweifeln. Hinterfragen. Angemessen sein. Der Leser lernt, oben auf der Mauer zu bleiben, ohne herunterzufallen und zu scheitern.

Laércio wollte nichts über meinen Lebenslauf und meine Berufserfahrung wissen. Er fragte mich nur, ob ich in Grammatik fit sei. Das bin ich, sagte ich. Und wie steht es mit der Syntax? fragte er. Ich kann Ihnen versichern, sagte ich, daß meine Syntax ebenso gut ist wie meine Orthoepik.
Die Antwort schien ihm zu gefallen. Ich bekam einen Vertrag als Lektor mit Sondergebiet, was hervorzuheben Laércio besonders am Herzen lag. Sie werden der Sonderlektor für Pedro Jequitibá. Auf Honorarbasis, versteht sich. Ohne Eintrag im Arbeitsbuch. Sie werden von ihm sehr angetan sein. Ein außergewöhnlicher Mensch. Ich werde Sie zu ihm ins Büro bringen.

Worüber Pedro Jequitibá wirklich schreiben wollte, waren Engel. Aber es gibt hier in Brasilien einen Mann, sagte er, der beim Patentamt für sich das ausschließliche Nutzungsrecht für die Markenbezeichnung »Schutzengel« hat registrieren lassen. Sehr gewieft, dieser Kerl. Ich respektiere, wenn jemand schneller ist, sagte er. Ich überlege, ob ich mir Selbstliebe, Selbstbild, Selbstbejahung und andere Schlüsselwörter der Selbsthilfeliteratur patentieren lassen soll, ach, eine Minute, sagte er, ich werde es mir notieren, das ist wichtig, patentieren lassen, sagte er zu sich selbst und schrieb einige Worte in sein Notizbuch. So, sagte er, notieren heißt behalten, ich schreibe mir alles auf.
Pedro Jequitibá sprach gerne von sich. Er erzählte mir von seiner Freundschaft mit einem großen tibetischen Geistführer, dem Yogi Maye Masheieno, der in ihm das

Interesse »für nutzbringende Fragen der Metaphysik« geweckt hatte, so Pedros eigene Worte, wissen Sie, sagte er, es gibt existentielle Fragen, die zu nichts führen, er sagte, ich kümmere mich nur um das, was wichtig ist, was zu konkreten Zielen führen kann, beruflichem Erfolg, Gewinn, das ist es nämlich, natürlich, sagte ich, im übrigen beschränkten sich meine Beiträge auf natürlich, ja, zweifellos, und das muß Pedro Jequitibá in Fahrt gebracht haben, denn er hörte gar nicht mehr auf, mir in allen Einzelheiten von seinem dreimonatigen Praktikum an der Science of Transcendental Process University in Ohio und von seinem Studium des Verständnisses der Harmonischen Ordnung der Wirklichkeit zu erzählen, das er als Fernstudium absolviert und das ihm den Titel Spiritueller Meister eingebracht hatte. Jequitibá überreichte mir zwei Disketten mit der Trilogie *... kann man lernen,* die in Kürze herausgebracht werden würde, damit ich sie zu Hause lektorierte. Das Schreiben geht mir sehr leicht von der Hand, sagte er, ich setze mich hin und schreibe drauflos, so als würde irgend etwas in mir die ganze Arbeit tun, ich bin lediglich das Gefährt, die Dinge kommen, ich muß sie nur aufs Papier bringen, und ich tue das mit der größten Leichtigkeit. Natürlich, sagte er, sind im Manuskript wahrscheinlich ein paar Rechtschreibfehler. Ich gestehe, daß Rechtschreibung nicht gerade meine Stärke ist. Niedergeschlagen ging ich hinaus. Das Gehalt ist zumindest nicht so schlecht wie das, was Wilmer Ihnen gezahlt hat, sagte Ingrid in dem Versuch, mich zu trösten. Es gab keinen Trost.

19

Als wir den Verlag verließen, lud Ingrid mich zu sich nach Hause zum Abendessen ein. Ich hatte Fúlvia versprochen, daß ich zu Hause bleiben würde, sie wollte anrufen, ich überlegte, ob ich Ingrids Einladung ausschlagen sollte, aber sie war so nett gewesen, ich war ihr wirklich dankbar, ich nahm an. Wir gingen bei einem Supermarkt vorbei und kauften Wein, Zitronen und Knoblauch.

Sie wohnte in einer kleinen Wohnung mit geblümtem Sofa, Rüschengardinen, vollgestopft mit lauter Krimskrams.

Sie band eine Schürze um, machte den Wein auf, und während ich auf einem kleinen Resopalhocker neben dem Waschbecken saß und trank, wieselte sie pausenlos vor mir umher, machte den Herd an, redete, schnitt die Zutaten zurecht, lachte, nachdem der Wein angefangen hatte zu wirken, wurde es noch spannender.

Während des Abendessens erzählte sie mir, daß sie schon einmal verheiratet gewesen war. Sie hatte den Mann auf einem Transatlantik-Liner kennengelernt, von Rio nach Patagonien, vier Monate lang waren sie ein Liebespaar, und dann heirateten sie. Der Typ war einfach sensationell, sagte Ingrid. Ich sagte ihm ständig, erklärte sie, du darfst nicht so sensationell sein, aber der

Typ war wirklich total sensationell, er tanzte gerne, ging gerne essen, er liebte Tiere, mochte Kino, Theater, Jazz, Rock 'n' Roll, Bossa Nova, und er kochte besser als alle Leute, die du je im Leben kennengelernt hast. Diese Nudeln, die du gerade ißt, sagte sie, das ist sein Rezept. Wenn ich erschöpft nach Hause kam, holte er einen Lachs aus der Gefriertruhe, machte einen Wein auf, werkelte in der Küche und sang vor sich hin, wenn ich mich an den Tisch setzte, servierte er mir ein wundervolles Festmahl. Ich habe vergessen zu erwähnen, er war Ingenieur und verdiente gut. Zwei Monate nach unserer Hochzeit komme ich nach Hause und finde meinen Gatten, diesen außergewöhnlichen Mann, ein Meter achtzig schiere Muskeln, im Schlafzimmer, stell dir das mal vor, mit einem Messer in der Hand, die Pulsadern aufgeschnitten, blutend. Ich habe es schlicht und einfach nicht verstanden. Er schaute mich an, er sagte kein Wort. Ich brachte ihn ins Krankenhaus, rief seine Familie an, und da erzählten sie es mir. Mein Mann war manisch-depressiv. So eine Scheiße, schrie ich im Krankenhaus seine Mutter, seine Geschwister an, warum zum Teufel hat mir das niemand vorher gesagt? Wir dachten, er hätte es erzählt, sagten sie. Er wurde stationär behandelt, kam wieder auf die Beine, und dann hatte er alle sechs Monate eine Krise, kam ins Krankenhaus, dann ging es ihm wieder gut, dann wieder schlecht, gut, schlecht, gut, schlecht, zwei Jahre hat die Ehe gehalten. Eines Tages kam ich nach Hause in unsere Wohnung, ich war so unglücklich, ich schloß die Tür auf, er saß vor dem Fernseher mit diesem Gummiblick, vor ihren Krisen sind sie so, die Psychotiker, sie bekommen diesen Blick, der nichts fixiert und der etwas zu sehen scheint, was du nicht siehst. Ich sagte: Jetzt reicht's, es ist aus. Er behielt weiter seinen Gummiblick, er und seine Traurigkeit, er sprach kein einziges Wort. Ich packte meine Sachen, kann sein, daß es egoistisch war, aber ich dachte, scheiß drauf, es gibt Momente, in denen muß man einfach egoistisch sein. Ich zog zu meiner Mutter. Wir haben uns nie wieder gesehen und auch nie wieder miteinander gesprochen. Ich weiß nicht mal, ob er noch lebt. Jetzt hilf mir die Teller abräumen, sagte sie und erhob sich vom Tisch.

Wir verbrachten den Rest des Abends nebeneinander im Wohnzimmer sitzend, tranken, hörten Musik, ich sagte zu mir selbst, daß ich gehen müßte, und blieb und blieb, Fúlvia wird anrufen, sagte ich und blieb, Fúlvia ist allein und muß leiden, dachte ich und blieb, und es kam der Augenblick, als unsere Münder einander so nahe waren, unsere Augen, ich bin ein Schwein, dachte ich. Die Frau, die ich liebe, muß leiden, die Ärzte amputieren dem Ehemann meiner Frau gerade ein Bein, und ich kichere hier mit einer Deutschen herum. Ich stand auf, bedankte mich für das Abendessen, für all die Hilfe, ich war ehrlich, sagte, daß sie eine sehr interessante Frau sei, und ging, bevor die Dinge sich verkomplizierten.

20

Eine Woche später kam Ronald wieder nach Hause. Fúlvia verbrachte den größten Teil des Tages an seiner Seite. Wir konnten uns fast überhaupt nicht sehen, das war das schwerste. Ronald rief alle drei Minuten nach ihr, verlangte Wasser, Medikamente, Saft, Kaffee, Zeitungen, die Fernbedienung, alles mußte ihm in die Hand gedrückt werden, und zwar unverzüglich, denn seine Laune war miserabel. Er leitete seine Geschäfte vom Bett aus, wickelte sie übers Telefon ab. Der schlimmste Teil war das Duschen. Fúlvia hatte vorgeschlagen, einen Pfleger zu engagieren, aber Ronald wollte nicht, daß jemand sein verstümmeltes Bein sah.
Gewöhnlich rief sie mich von einem öffentlichen Telefon aus an, ich liebe dich, mußte ich sagen, ich liebe dich, laß uns Ronald jetzt gleich umbringen, wir töten ihn irgendwie, sagte sie, ich liebe dich, wir erschießen ihn, bei Nacht, sagte sie, laß es uns zu Ende bringen.
Als wir uns das erste Mal nach Ronalds Heimkehr wiedersahen, tat Fúlvia mir richtig leid, sie hatte viele Kilo abgenommen, sah blaß aus, mit Ringen unter den Augen, ich war gezwungen, sie noch trauriger zu machen, indem ich log und sagte, daß unsere Sucuri gestorben sei. Es wird besser werden, sagte sie, das Leben kann nicht nur diese totale Scheiße sein. Als wir uns auszo-

gen, wurde das Leben unverzüglich besser. Sie sagte zu mir, das einzige, was zähle, sei unsere Liebe, und meine Schlangen, sagte sie, ich liebe dich und meine Schlangen, nur das zählt, die Schlangen und du, meinetwegen kann der Rest zum Teufel gehen, erklärte sie. Dann komm, sagte ich, verlaß Ronald und zieh hierher, ich habe keine Angst vor Ronald, wir bieten diesem Kerl die Stirn. Willst du ihn nicht töten? fragte sie. Es ist nicht mehr nötig, ihn umzubringen, sagte ich, nein, sagte sie, da irrst du dich, nein, wir müssen ihn sehr wohl umbringen, wir müssen den Weg zu Ende gehen, nein, sagte ich, Ronald ist jetzt ein Niemand, er wird sich unseren Entscheidungen nicht entgegenstellen, er hat dazu keine Kraft, der Unfall hat ihn zugrunde gerichtet, denk doch mal richtig nach, wer ist Ronald denn schon? Ein Hinkebein ist er, sagte ich. Nein, du kapierst nicht, sagte sie, eines Tages, wenn ich gerade auf der Straße gehe, aus dem Kino komme, Besorgungen mache, werde ich drei Kugeln in den Rücken bekommen, das wird passieren. Er bedroht mich jeden Tag. Genau das wird passieren. Wir müssen ihn umbringen, sagte sie.

Fúlvia hatte sich bereits alles überlegt. Wir würden Ronald nach dem Muster aus meinem Buch *Die Sonne und nichts als die Sonne* umbringen. Wir würden ihn in das Haus der beiden am Strand von Ubatuba bringen. Im Morgengrauen würde sie ihn, der schon halb benommen von den Schlafmitteln wäre, die sie ihm in die Milch tun würde, in ein Segelboot verfrachten. Ronald segelte fürs Leben gern. Ich würde ein weiteres Boot mieten und mit ihnen auf offener See zusammentreffen.

Mit unseren Ruderblättern würden wir ihm ein oder zwei Schläge versetzen, nur um ihn bewußtlos zu machen, und dann würden wir seinen Körper ins Wasser werfen. Einige Stunden später würde sie zur Küstenwache gehen und sagen, daß ihr Mann zum Segeln hinausgefahren und nicht zurückgekehrt sei.

Ein Krüppel geht nicht alleine segeln, sagte ich. Das kommt auf den Krüppel an, sagte sie, ein zufriedener Krüppel nicht. Aber einer, der deprimiert ist, der daran denkt, sich umzubringen, der schon. Das wird nicht klappen, sagte ich. Du willst kneifen, sagte sie. Darum geht es nicht, sagte ich, er ist ein Krüppel.

Fúlvia setzte sich auf mein Bett. Er ist kein vollständiger Krüppel, sagte sie. Auf Krücken kann Ronald gehen, sagte sie, hast du die blauen Flecken hier an meinem Bein gesehen? Die kommen von den Schlägen, die er mir mit den Krücken verpaßt.

Ich bin kein Schriftsteller, sagte ich, *Die Sonne und nichts als die Sonne* ist *Nur die Sonne war Zeuge* von Patricia Highsmith.

Ich führte Fúlvia zum Regal und zeigte ihr all die Bücher, die ich während der Zeit, als ich beim Minnesota-Verlag gearbeitet hatte, abgeschrieben oder abzuschreiben versucht hatte: *Der Fremde* von Camus, *Die schwarze Katze* von Edgar Allan Poe, *Doppelte Abfindung* von James Cain, *Der Mann in der Passage* von Chesterton, *Schuld und Sühne* von Dostojewski, *Der Mord an Roger Ackroyd* von Agatha Christie, *Bufo & Spallanzani* von Rubem Fonseca, *Die Morde in der Rue Morgue* von Edgar Allan Poe, *Die Bestie im Menschen* von Zola.

Und *Eisenbahn in den Tod?* fragte sie, ist das nicht von dir?
Das ist die *Doppelte Abfindung,* antwortete ich, von James Cain. Du hältst es in der Hand.
Sie blätterte darin herum. Das hast du alles abgeschrieben? Du hast dir diese Verbrechen nicht selbst ausgedacht? Ich dachte, du wärst ein Fachmann für diese Dinge.
Dafür, Ehemänner umzubringen?
Sie hatte gehört, was ich gesagt hatte, aber tat so, als hätte sie es nicht gehört, sie saß auf dem Bett und vermied es, mich anzuschauen. Da klingelte plötzlich das Telefon. Der Anrufbeantworter sprang an, eine weibliche Stimme war zu hören, eine gewisse Alice, die sagte, daß sie meine Sucuri gekauft hätte, daß die Leute aus dem Laden ihr meine Telefonnummer gegeben hätten, daß sie mich um Rat fragen wollte, bitte rufen Sie mich an, sagte sie, 8742-6671.
Fúlvia stand auf, ohne mich anzuschauen, du hast unsere Schlange verkauft, sagte sie, du Mistkerl. Entschlossen griff sie nach ihrer Tasche, ich spürte, daß eine Explosion bevorstand, Kontrolle, dachte ich, du mußt die Situation unter Kontrolle behalten, das ist zu einfach, du suchst nach einem Vorwand, sagte ich, einem Vorwand, um abzuhauen, ich stellte mich vor die Tür, geh mir aus dem Weg, sagte sie, jetzt tauge ich wohl nicht mehr, sagte ich, ich tauge wohl nur dazu, deinen Mann zu töten, geh mir aus dem Weg, sagte sie, ich bin kein Fachmann für diese Dinge, sagte ich, war es nicht das, was du gesagt hast? Ich weiß sehr wohl, was du mit

»diese Dinge« gemeint hast, sagte ich, töten, du wolltest sagen: töten, halt den Mund, sagte sie. Ich war so nervös wie ein Zebra, wenn der Löwe sich anpirscht, sie wollte sich mit Gewalt Durchlaß verschaffen, ich habe sie nicht geschubst, ich wollte nur, daß sie blieb, sie war es, die hinfiel, sie fiel von alleine, ich habe niemanden gestoßen, ich warf mich neben sie, bat sie tausendmal um Verzeihung, aber sie schien wie aus Stein gemeißelt, stand auf, schlug mit aller Kraft die Tür hinter sich zu und ging. Hätten wir uns in einer Filmszene befunden, dann hätte sie den Schrank geöffnet, den Koffer genommen und ihre Kleider hineingestopft, mit Bügel und allem drum und dran. Ich habe nie begriffen, warum die Frauen in Kinofilmen immer die Bügel mitnehmen, wenn sie gehen.

21

Wenn ich nach einer Gelegenheit gesucht hätte, um mich aus der Affäre zu ziehen, hier war sie, eine bessere gab es nicht. Aber ich war nicht auf der Suche. Wenn ich heute zurückblicke, kann ich sehen, wie alles zusammenpaßt, Fäden, die gesponnen und zu einer Geschichte verwoben werden, einer furchtbaren Geschichte, doch zu jener Zeit sah ich gar nichts. Die darauffolgenden Tage verbrachte ich in der Horizontalen und fühlte mich wie ein Trümmerhaufen, dem Untergang geweiht, von Alpträumen geplagt, ich riß meiner Mutter das Megaphon aus den Händen, hinterließ Nachrichten im Institut, nichts, Fúlvia rief nicht zurück.

Am Mittwoch erhielt ich einen Anruf von Mirna, die mich bat, so schnell wie möglich bei Universalis vorbeizukommen. Bis dahin hatte ich Pedro Jequitibás Manuskripte noch nicht einmal angerührt. Wenn Laércio sie jetzt zurückhaben wollte, würde ich mich rausreden. Ich duschte, nahm meine schwarze Aktenmappe, um nicht mit leeren Händen dazustehen, und ging in den Verlag.

Laércio war unrasiert, und sein Keksgesicht sah nun wie ein vertrockneter Cream Cracker aus.

Sie brauchen nicht weiter zu lektorieren, Jequitibá hat den Verlag gewechselt, sagte er traurig und müde. Er schaute mich an und wartete darauf, daß ich irgendwas sagte, aber ich hatte nichts zu sagen. Ich hörte mir die ganze Geschichte an. Am Abend zuvor war Jequitibá bei Laércio zu Hause aufgetaucht und hatte ihm ohne Umschweife verkündet, daß er einen Vertrag über neunhunderttausend Dollar bei Mondial unterschrieben hätte, wo er nun seine Trilogie ... *kann man lernen* veröffentlichen würde.

Hatten Sie denn keinen Vertrag mit ihm? fragte ich.

Eine Reihe von Vertragsklauseln hat er ich weiß nicht wie oft ändern lassen, Mirna war es leid, dieses verfluchte Papier ständig neu zu tippen. In Wirklichkeit stand Pedro aber bereits in Verhandlung mit Mondial und wollte Zeit gewinnen. Sie glauben gar nicht, was für Dinge ich am Freitag von Pedro zu hören bekommen habe. Ich brauche einen Verlag mit einem besseren Vertrieb, hat er gesagt. Er meinte, die Verkaufsstrukturen bei Universalis seien noch nie effizient gewesen, und er hätte dreimal so viele Bücher verkaufen können, wenn er sie bei Mondial veröffentlicht hätte. Finden Sie, daß wir einen schlechten Vertrieb haben?

Ja, das finde ich, sagte ich.

Na gut, aber ist das ein Grund dafür, den Verlag zu wechseln? Sie haben gesagt: neunhunderttausend Dollar.

Um neunhunderttausend Dollar geht es jetzt. Wissen Sie, wieviel er wert war, als ich ihn eingestellt habe? Nicht einen müden Heller. Ich habe Pedro Jequitibá aufgebaut. Er war ein Niemand. Ich habe ihm das Buch von Dale Carnegie *Wie man Freunde gewinnt. Die Kunst, beliebt und einflußreich zu werden* gezeigt und ihn gefragt, ob er in der Lage wäre, etwas in der Art zu machen. Zu Anfang hat Pedro seine Bücher praktisch abgeschrieben. Selbst die Trilogie, die Idee zu der Trilogie, ist nicht von ihm, sondern von einem anderen Amerikaner, ich habe den Namen vergessen, ich glaube, Herbert Richards oder so ähnlich. Das hat mir dieser Plagiator zwar nicht erzählt, aber ich habe es herausgefunden. Wir saßen bei ihm zu Hause und tranken Whisky, Pedro erhielt einen Anruf und ging ans Telefon, ich blieb alleine zurück, schaute mir die Bücherregale an, und plötzlich erregte ein Titel meine Aufmerksamkeit. Ich zog das Buch heraus und sah, daß alles darin stand, das gesamte Konzept für die Trilogie. Und nicht nur das Konzept. Er hatte ganze Sätze abgeschrieben. Seine Geschichte mit dem »Nein sagen leichtgemacht« hatte ich super gefunden. Das stammt gar nicht von ihm. Das ist von dem Amerikaner. Ich habe in dem Buch von dem Amerikaner auch ein Kapitel gefunden, in dem von Kränkungen die Rede war. Auch das hat Pedro abgekupfert. Pedro ist ein widerwärtiger Plagiator.

Laércio setzte sich entmutigt an seinen Schreibtisch.

Pleite gehen werde ich.

Ich kann solche Bücher für Sie schreiben.

Dieser Schuft, ich gebe zu, daß er abgeschrieben hat, aber er wußte, was die Masse will.

Das weiß ich auch.

Nein, davon verstehen Sie nichts.

Die Welt will betrogen sein, sagte ich.

Ich rede über diese Art von Schreibe, die bei so vielen Leuten so gut ankommt.
Wir reden über das gleiche. Die Leute wollen die »Wahrheiten« hören, die sie schon kennen. Und sie lieben Veränderungen, bei denen sie sich nicht von der Stelle rühren müssen. Ich weiß, wie man so was macht, Laércio.
Es wird nicht klappen.
Natürlich wird es das.
Ein Buch über was denn?
Worüber möchten Sie? Sagen Sie's, ich schreibe es Ihnen. Radtouren mit Ihrem Kind an strahlenden Sonntagen?
Pädagogisches verkauft sich nicht.
Wählen Sie sich Ihren Engel?
Engel gibt es schon in rauhen Mengen. Das geht nicht.
Wie mache ich mir keine Feinde?
Unser Konzept ist ein anderes. Feinde interessieren nicht. Wenn Sie sich Freunde machen, haben Sie keine Feinde. Das beste wäre *Wie man Freunde gewinnt. Die Kunst, beliebt und einflußreich zu werden.* Der alte Dale ist unübertroffen. Ist doch wahr.
Ich finde, *Der Manager im Hier und Jetzt* ist ebensogut wie Dale.
Aber José Guber ist kein guter Name.
Wir können uns einen Ami-Namen ausdenken.
Nur wenn wir ein Ph.D. hinter den Namen setzen würden. Amerikaner müssen an der Stanford-Universität unterrichten oder eine Klinik für Verhaltensforschung in Los Angeles besitzen. Was haben Sie eigentlich studiert?

Journalismus.
Laércio seufzte mutlos.
Mir gefällt José Guber, sagte ich.
Das ist keine Frage des Gefallens. Es muß funktionieren. Und dafür gibt es Regeln. Der Vorname muß der eines Heiligen sein, Pedro, Tiago, João, also ein Name aus der beseelten Welt, der Nachname muß entweder pflanzenhaft oder mineralisch sein, um ein Gleichgewicht zu schaffen zwischen diesen, diesen, diesen, lassen Sie sie uns Naturelemente nennen. Ágata zum Beispiel ist ein großartiger Name für Frauen. Sie könnten sich Gonçalo-Alves nennen, das ist hartes Holz, gut geeignet für Luxusmöbel. Gefällt Ihnen nicht? Und was halten Sie von Tiago Argento, Jakob Silbern?
Mir würde João Peroba besser gefallen, das ist ein schöner brasilianischer Baum.
Peroba hört sich an wie Perobo, eine Nervensäge. Wenn Ihnen Argento nicht zusagt, dann weil Sie lieber aus Holz sein möchten, und das ist sehr edel von Ihnen. João Aroeira, Johannes Mastix. Wie finden Sie das? Der Mastixbaum ist ein medizinischer Baum.
Wenn er medizinisch ist, dann ist er gut. *Reichen Sie sich selbst die Hand.* So wird der Titel des Buches heißen.
Worum geht es in dem Buch?
Reichen Sie sich selbst die Hand, der Titel sagt schon alles. Die ganze Essenz der Selbsthilfephilosophie ist darin enthalten. Niemand kann einem helfen, wenn man sich nicht selbst hilft. Wenn man sich nicht selbst hilft, hilft einem weder Gott noch sonst jemand.
Und weiter? Das gefällt mir.

Die Idee ist mir gerade erst gekommen, ich muß ein bißchen darüber nachdenken. Das jedenfalls ist das Konzept.

Reichen Sie sich selbst die Hand. Genau. Wir machen eine kleine Auflage, zu jeder Kühnheit gehört eine Prise Vorsicht.

22

Vor nichts brauchen wir uns zu fürchten
außer vor den Worten.

Rubem Fonseca

Ein paar einführende Bemerkungen:

Bei meinen Vorträgen überall auf der ganzen Welt erzähle ich immer die Geschichte von einem Mann, der zu mir ins Transzendentale Beratungszentrum Universalis kam. Er klagte über Kopfschmerzen, Übelkeit, Schlaflosigkeit, er lebte in Angst und Schrecken, in der Furcht, von einer schweren Krankheit wie Krebs oder Kropf heimgesucht zu werden. Er arbeitete vierzehn Stunden am Tag, rauchte zwei Schachteln Zigaretten, aß, was ihm in die Finger kam, und verbrachte die Nächte vor dem Fernseher und sah sich Kriegsfilme an, »um abzuschalten«. Sein Arzt hatte die Diagnose Streß gestellt und ihm Ferien ans Herz gelegt, aber er weigerte sich, dem Folge zu leisten, weil sich in ihm, wenn er Urlaub nahm, eine Riesenerwartung aufbaute, er dachte, er werde sich ausruhen, schlafen, Sport treiben, er mietete ein Haus am Meer, gab für die Vorbereitungen

all dessen ein Heidengeld aus, fuhr Hunderte und Aberhunderte von Kilometern, und wenn er an dem Ort ankam, empfand er nicht das geringste Vergnügen, der Sand störte ihn, die Sonne, das Haus, Sport trieb er überhaupt keinen, er nahm zu, schlief schlecht und, was das Schlimmste war, er konnte nicht aufhören, an seine Arbeit zu denken, und da es nun schon so war, zog er es vor, gar nicht erst Urlaub zu nehmen. Als ich ihn danach fragte, was er für die Ursache dieser furchtbaren Qualen hielte, antwortete er mir, er habe einen Feind. Jemand, der ihm sage, du bist eine Niete, du bist eine verkrachte Existenz, du bist fett, du denkst nur ans Essen, du machst alles verkehrt, du wirst es nie zu etwas bringen, du brauchst es gar nicht erst zu versuchen, fang gar nicht erst an, laß es sein, schmeiß es auf halber Strecke hin. Wenn es so ist, sagte ich, müssen Sie als erstes den Kontakt zu dieser negativen Person abbrechen, dieser Person, die Ihnen nur destruktive Botschaften vermittelt. Wie soll ich denn den Kontakt zu mir selbst abbrechen? antwortete er mir. Ich bin mein Feind. Ich selbst bin es, der das mit mir macht.
Ich kann mir vorstellen, daß Sie jetzt denken, es handelte sich um einen Exzentriker, einen hochneurotischen Menschen. Stimmt's? Dann liegen Sie falsch. Es war ein ziemlich normaler Mann. Und mehr noch. Leute mit ähnlichen Problemen tauchten zuhauf in unserem Zentrum auf.
Doch kommen wir zu dem Punkt, um den es geht. Wenn wir untersuchen, was uns daran hindert,

Glück, Liebe, Freunde, Selbstvertrauen, beruflichen Erfolg zu haben, kommen wir zu folgendem Schluß: schuld haben die anderen, der Chef, der Ehemann, die Frau, das Land, die Wirtschaft und so weiter. Indes sind nach neuesten Untersuchungen der amerikanischen Forschungsgruppe über das biochemische Verhalten vierundneunzig Prozent aller Menschen, die gescheitert sind, selbst die Ursache für ihr Scheitern. Und wie scheitern wir? Auf dieselbe Weise wie dieser Mann, der mich aufsuchte. Durch unser Mundwerk. Unsere Worte. Dieses Buch wird Sie lehren, Ihr Leben durch Veränderung Ihres verbalen Verhaltens umzustellen. Sie werden das richtige Wort zum richtigen Moment zur richtigen Person sagen können und so Fortschritte in beruflicher, finanzieller und emotionaler Hinsicht machen. Sie werden lernen, sich im Spiegel anzuschauen und zu sagen: heute wird ein schöner Tag, auch wenn es regnet, und so werden Sie Ihre Wirklichkeit zum Positiven verändern. Frisch ans Werk!

PS: Laércio, wie Sie sehen, gibt es einige »Unstimmigkeiten« in der Einführung, wie beispielsweise meine Vorträge, das Transzendentale Beratungszentrum Universalis, aber Ihre Anregung aufgreifend habe ich ein wenig die amerikanischen Vorworte studiert, und der empirische Aspekt ist grundlegend. Wenn wir schon keinen Ph.D. haben, kein Stanford und keine Klinik in Kalifornien, dann bleibt uns nur, ein wenig herumzuphantasieren. Kurz gesagt, wir müssen das Risiko eingehen. Wenn das Buch ein Erfolg wird, machen wir das Zentrum auf, wir denken uns die Vorträge aus. Wenn es nicht klappt, wer wird sich dann schon um unsere Un-Wahrheiten kümmern?

Der Gedanke des Buches *Reichen Sie sich selbst die Hand* war sehr einfach. Man kann sich selbst nur dadurch helfen, daß man das Richtige tut. Und um das Richtige zu tun, muß man das Richtige sagen. Deshalb schuf ich mein symbiotisches Vokabular, eine Anregung zur Verhaltensänderung auf der Grundlage einer konstruktiven Sprache. Die Worte und Sie, Ihr Körper, Ihr Geist, Ihre Seele, alles interagiert auf symbiotische Weise. Ausgehend von der Änderung Ihres Vokabulars wird sich Ihr gesamtes Leben ändern. Euphemismen und Metaphern sind gut für die Gesundheit, hieß es in meinem Buch. Euphemismus ist die Verwendung eines fröhlichen und positiven Wortes anstelle eines traurigen und negativen. Und eine Metapher ist, wenn Sie die Dinge auf indirekte Weise sagen. Zum Beispiel sagen Sie nicht: meine Romanze mit dieser wunderbaren Frau ist zu Ende, sagen Sie: die Krise ist vorübergehend. Sagen Sie: sie wird zurückkommen. Sagen Sie: sie wird anrufen. Sagen Sie: ich werde alles tun, was sie will. Bändigen Sie die Worte wie ein wildes Schwein, das war die erste Lektion meines Buches. Entfernen Sie aus Ihrem Vokabular Worte wie: Angst, Versagen, Eifersucht, Beklommenheit. Diese

Worte verseuchen Ihren Organismus wie eine verdorbene Miesmuschel.
Ich arbeitete gerade eifrig an meinem Buch, als das Telefon klingelte. Ich nahm ab. Eine Männerstimme war am Apparat. Hier ist Ronald Amarante, sagte er, wir haben uns in dem Plantagenhotel in São Francisco kennengelernt, ich rufe Sie an, um mich zu bedanken. Meine Frau hat mir erzählt, daß Sie uns sehr geholfen haben. Ich würde Sie gerne am Wochenende zum Abendessen zu mir nach Hause einladen.
Das war die Gelegenheit, die ich glaubte zu brauchen. Ich sagte zu. Wir verabredeten uns für Samstag um acht.

23

Wir saßen bei Ronald zu Hause im Wohnzimmer, er, ich und Fúlvia, jeder mit einem Whiskyglas in der Hand, meines war schon zum zweiten Mal gefüllt. Ein sehr gemütliches, schlichtes Haus wie die, die man im wohlhabenderen Teil der brasilianischen Südküste sieht, mit Sichtklinker. Es herrschte eine Affenhitze, Fúlvia schaute nicht zu mir herüber, sie machte den Mund nicht auf, ich sagte ebenfalls keinen Ton. Im übrigen war das eine der Regeln, die ich in mein symbiotisches Vokabular mit aufgenommen hatte. Lassen Sie die Menschen reden, alles, was der Mensch sich sehnlichst wünscht, ist ein Paar Ohren, in das er seine Probleme und Kümmernisse ergießen kann. Das hatte ich mir von Pedro Jequitibá abgeschrieben, und dem zufolge, was mir Laércio gesagt hatte, gab es dabei kein Problem, einer schreibt vom anderen ab, hatte er gesagt, Sie schreiben von Jequitibá ab, Jequitibá schreibt von den Amerikanern ab, die Amerikaner von den Indern, ein endloses Borgen, sagte er. Das Schweigen, schrieb ich in meinem Buch, ist eine Form des Dialogs. Im Zweifelsfalle sagen Sie nichts. Hören Sie zu.
Auf der Intensivstation, sagte Ronald, hatte ich das Gefühl, tot zu sein, alles weiß, Gestöhne, ich bin tot, dachte ich. Eines Tages, als ich etwas weniger benommen von

den Drogen war, sah ich eine Frau, eine Dame in Weiß, die einer verstorbenen Tante von mir stark ähnelte, sie sagte zu mir, daß ich im Krankenhaus sei. Eines hat mich die Intensivstation gelehrt. Ärzte sind Hundeseelen. Eine elende Brut ist das. Sie sind noch schlimmer als Politiker, als Anwälte, als Buchhalter. Ich hasse Ärzte. Sie haben mir Schläuche gelegt, mich durchlöchert, und dabei haben sie sich über die Gefahren des Telefonierens mit dem Handy unterhalten. Als der Arzt mir mitteilte, wir werden Ihnen das Bein amputieren müssen, war ich versucht zu sagen, alles klar, Sie sind entlassen. So als sei er ein Lieferant von Sperrholzplatten, den ich durch einen anderen, besseren ersetzen könnte, aber in der Medizin kann man niemanden austauschen. Einer ist schlimmer als der andere. Noch einen Whisky?
Ronald redete ohne Punkt und Komma. Ich fragte, warum weiß ich nicht, vielleicht, weil ich schon betrunken war, ich fragte, ob er an Gott glaube, und er antwortete, daß er an Gott glaube, aber nicht an die Wissenschaft. Ein Schlangenbiß, und mein Bein ist weg, sagte er. Wozu sind Beine gut? fragte ich. Zum Gehen, sagte er. Ja, sagte ich, zum Gehen, in Ordnung, ich habe zwei Beine, bin ich Ihnen deshalb überlegen? Ein Esel hat vier Beine, sagte ich, ein Tisch hat vier Beine, drei mehr als Sie. Ich glaube, ich hatte zuviel getrunken. Mir fiel auf, daß Ronald und Fúlvia mich fassungslos anschauten. Ich werde mir eine mechanische Beinprothese anpassen lassen beziehungsweise eine elektronische oder dergleichen, sagte Ronald. Anscheinend wird viel entwickelt auf diesem Gebiet.

Während des Abendessens, das im übrigen ausgezeichnet war, wurde Ronald noch trübsinniger. Fúlvia ignorierte mich vollständig, sie wandte ihren Blick nicht von Ronald ab, möchtest du noch, Liebling? Möchtest du dies, möchtest du das? Warum behandelte sie ihn mit so viel Aufmerksamkeit? Der Krüppel wollte nichts annehmen, er starrte mit seinem Hundeblick auf den Teller, lächelte sein stumpfsinniges, trauriges Lächeln, der Hund war jetzt traurig, das noch obendrein, sicherlich, jetzt, wo er das Bein nicht mehr hatte, war er bescheidener, traurig, vielleicht verprügelte er seine Frau nicht einmal mehr. Und ihr gefiel es anscheinend, nicht mehr von dem Hinkebein verdroschen zu werden, vielleicht hatten die beiden miteinander geredet, sich ausgesprochen, ich schlage dich nicht mehr, hatte er womöglich gesagt, laß uns nach Paris fahren, von vorne anfangen, wenn man Geld hat, kann man in Paris von neuem beginnen, dachte ich, ja, hatte sie vielleicht geantwortet, laß uns ein Baby bekommen, in solchen Augenblicken tauchen die Babies auf dem Plan auf, sie lassen ihre Ehe in Scherben gehen und versuchen, sie in Paris mit Babies wieder zu kitten, manchmal ist das so, genauso war es vermutlich gewesen, die beiden hatten sich verständigt, sie würden ein Kind bekommen, sie würden nach Paris reisen, und ich war dort überflüssig, ich vertrödelte meine Zeit. Fúlvia war ihrem Mann gegenüber das Lächeln und die Nettigkeit in Person, das quälte mich. Ich litt während dieses Abendessens. Wenn Fúlvia nicht blufft, dachte ich, wenn sie ihren Mann wahrhaftig anlächelt, wenn sie nichts mehr von mir wissen will, dachte ich, dann bin ich am Ende. Was außer Fúlvia gab es schon in meinem Leben? Nichts. In Wirklichkeit hatte ich mich noch niemals verliebt. Vor Fúlvia schleppte ich die Frauen ins Bett und dachte nur daran zu vögeln und mich zu verkrümeln, zurück nach Hause zu kommen, ich wollte keine Frau in meiner Wohnung, in meinem Bett, wo ich tagaus, tagein schlief, ich wollte vögeln und fertig, und wenn ich nach Hause kam, wußte ich schon nicht mehr, wie die Brüste der Frau gewesen waren oder welche Farbe genau ihr Haar gehabt hatte oder wie sie gerochen hatte, aber mit Fúlvia Melissa war es anders, ich wußte, wie ihr Bauchnabel aussah und ihr großer Zeh, und ich nahm sie mit zu mir nach Hause und ließ sie die Laken meines Bettes mit ihrem Duft erfüllen, ich wollte den ganzen Tag mit ihr zusammensein, mit ihr schlafen und mich mit ihr unterhalten, selbst wenn es nur um Schlangen und um Morde ginge.

Nach dem Essen fragte ich, während Fúlvia den Tisch abräumte, ob ich ins Bad gehen dürfte, und wartete auf dem Flur. Als sie mit den Schüsseln an mir vorbeigehen wollte, zog ich sie ins Badezimmer. Vorsicht, sagte sie, ich stellte das Geschirr auf der Toilette ab, setzte sie auf den Waschtisch, küßte ihr Gesicht, hör auf, sagte sie, ich hörte nicht auf, du bist ein Feigling, sagte sie, ich schob ihren Rock hoch, Feigling, zog ihren Slip herunter, Feigling, wiederholte sie ununterbrochen. Während wir vögelten, sagte ich ihr ins Ohr, daß ich unsere Sucuri nicht verkauft hätte, jemand hat mich angezeigt, sagte ich, irgendein Arschloch, sagte ich, ich habe einen

Anruf von der Umweltbehörde bekommen, sagte ich, ich habe die Schlange zu Bekannten ins Geschäft gebracht, sie haben sie ohne meine Erlaubnis verkauft, sagte ich, diese Mistkerle, sagte ich, während sie kam. Ich kam nicht. Ich kniete nieder und vergrub mein Gesicht zwischen ihren Beinen, sagte ihr, daß ich ihr Sklave sei, ich bringe diesen Hinkefuß um, sagte ich, ich mache ihn auf der Stelle kalt, wenn du willst.

24

Worte sind nutzlos.

James Joyce

Oder sehr nützlich, das hängt ganz von Ihnen ab. Die Situation ist folgende. Es ist heiß. Sie hatten einen furchtbaren Tag. Ihr Chef war schlechter Laune und hat sich mit Ihnen angelegt, er war unausstehlich, Ihr Chef, er hat wirklich häßliche Dinge gesagt, dieser Holzkopf. Sie kommen nach Hause, und die Kinder streiten sich um das neue Spielzeug, das die Omi aus Miami mitgebracht hat. Und Ihre Frau macht ein miesepetriges Gesicht. Wie verhalten Sie sich? Sie laden Ihren Müll bei ihnen ab, nörgeln herum und knallen mit den Türen? Es gibt eine Alternative. Ziehen Sie Ihre Jacke aus und sagen Sie, wie schön es ist, nach Hause zu kommen, loben Sie, wie gut das Abendessen riecht, erzählen Sie eine lustige Begebenheit, die sich während des Tages ereignet hat, oder einen Witz. Setzen Sie sich zu den Kindern auf die Erde, sagen Sie positive und pädagogisch wertvolle Dinge. Tun Sie's, und ich garantiere Ihnen, daß Sie einen angenehmen Abend haben werden.

In diesem Kapitel möchte ich Ihnen ans Herz legen, Ihren Wortschatz zu untersuchen.
Nennen Sie mir die Worte, die Sie benutzen, und ich werde Ihnen sagen, wie Ihre Lebensqualität und Ihre Zukunftsperspektiven aussehen.
Schreiben Sie auf einem Blatt Papier die Worte auf, die Sie in folgenden Situationen verwenden:

1. Ihre Frau (Ihr Mann) kritisiert Ihr Verhalten.
2. Ihr Freund kommt eine halbe Stunde zu spät zum Mittag-/Abendessen.
3. Jemand schneidet Sie beim Autofahren. (Oder Sie sitzen mit Ihrem Wagen in einem Stau fest.)
4. Die Frau am Schalter in der Bank (oder bei irgendeiner Behörde) arbeitet im Schneckentempo.
5. Der Mann, der vor Ihnen am Geldautomaten steht, weiß nicht, wie er ihn bedienen soll.
6. Sie möchten ein Hemd anziehen, aber Ihr Hausmädchen (oder Ihre Frau) hat es noch nicht gewaschen, obwohl Montag ist und sie den Samstag und den Sonntag über Zeit hatte, es zu tun.
7. Das Gerücht geht um, daß in Ihrer Firma Entlassungen bevorstehen.
8. Es wird jemand mit exemplarischem Werdegang eingestellt.
9. Sie haben Grippe, und jemand fragt Sie, wie Sie sich fühlen.
10. Sie sind nicht in der Lage, die Aufgabe, die Ihnen Ihr Chef gestellt hat, zu erledigen.

11. Ein Nachbar, den Sie nicht mögen, steigt mit Ihnen zusammen in den Fahrstuhl.
12. Die Karten für die nächste Kinovorstellung sind genau in dem Moment ausverkauft, als Sie an der Reihe sind.

Fúlvia hüllenlos, ein Buch in der Hand. Wir lagen in meinem Bett. Es kostet die Zunge, mit lauter Stimme deklamierte ich das Gedicht, es kostet die Zunge von den roten Blütenblättern, hör auf, Gedichte zu lesen und laß uns wieder an die Arbeit gehen, sagte Fúlvia und nahm mir das Buch aus der Hand. Dann zieh dich an, sagte ich, deine Beine rauben mir meine Fähigkeit zu denken, das ist das Äußerste, was ich noch lesen kann, wenn du nackt neben mir liegst. Fúlvia verkroch sich in den Laken. Wirf hier mal einen Blick hinein, sagte sie und reichte mir ein anderes Buch voller roter Unterstreichungen. Noch ein Verbrechen. Das war unser täglich Brot.
Ich wußte schon, was wir in den Kriminalromanen finden würden. Schüsse, Messer, Gift waren die alltäglichsten Formen des Tötens, und jede dieser Methoden ließ eine Unzahl von Varianten zu. Ebenfalls in Betracht kamen Erdrosseln, Zertrümmern der Schläfen oder der Schädelbasis, Aus-dem-Fenster-Werfen, Ersticken mit einer Plastiktüte oder einem Kopfkissen, elektrischer Schlag, Anzünden von mit Benzin getränkter Kleidung, Ertränken in der Badewanne, wir konnten es uns aussuchen. Fúlvia und ich studierten, was das Zeug hielt. Wir

steckten unsere Köpfe in die Bücher, wie Würmer sich in Leichen graben, Christie, Sayers, Chandler, Hammett, Doyle, Hillerman, Block, Stout, Simenon, Marsh, Collins, Dickson, Carr, Westlake, Conrad, Rendell, Spillane, Dostojewski, Bentley, Dickens, Eco, Chesterton, Stocker, welcher Autor auch immer einem in den Sinn kommen mag, wir lasen ihn. Wir legten verschiedene Listen an, wie es in diesen amerikanischen Veröffentlichungen gemacht wird, ideale Orte, um eine Leiche zu verstecken, die beste Waffe, geeignete Plätze, um ein Verbrechen zu begehen, die Durchführbarkeit und die Art und Weise. Wir überlegten, ob wir einen Unfall vortäuschen und Ronald aus dem Zug werfen sollten wie in *Doppelte Abfindung,* unserem Lieblingsbuch. Wir dachten daran, ihn mit einem Kopfschuß zu töten und ihn im Kofferraum eines auf seinen Namen angemieteten Autos am Flughafen abzustellen, wie in *Die Ehre der Prizzis,* wir zogen alles in Betracht. In Wahrheit gibt es tausend Arten, einen Menschen zu töten, selbst wenn das Opfer alle Vorsicht walten läßt und zum Beispiel einen Vorkoster für sein Essen hat. Es heißt, Fernando de' Medici habe seinen Bruder auf sehr erfinderische Weise umgebracht. Er benetzte nur die eine Seite eines kleinen Messers mit kurzer Klinge mit Gift, pflückte einen Pfirsich, schnitt die Frucht in der Mitte durch, gab die vergiftete Hälfte seinem Bruder und aß in aller Seelenruhe die andere Hälfte. Die Zeit, die wir damit verbrachten, in meinem Bett zu liegen und zu lesen, uns zu lieben, Ideen zu Papier zu bringen und über unsere literarischen Studien zu diskutieren, brachte uns absolut gar

nichts. Wenn wir auf irgend etwas stießen, sagten wir begeistert, das kann nützlich sein, endlich ein gelungener Mord, doch auf den folgenden Seiten kamen wir wieder davon ab, wenn wir auf ein Detail stießen, das in unseren Plan einzufügen sehr schwierig, wenn nicht gar völlig unmöglich war.
Das perfekte Verbrechen gibt es nicht. Es gibt keinen einzigen Kriminalroman, der tatsächlich ein perfektes Verbrechen zu bieten hätte. Es gibt kunstvolle, überaus originelle, geistreiche Verbrechen, und es gibt viel Dummheit um uns herum. Bei den Ermittlungen werden haufenweise Fehler begangen, aber damit darf man nicht rechnen, wenn man plant, jemanden zu töten, weil es ebenfalls, das muß man beachten, den Zufall gibt, es gibt intelligente Detektive, es gibt Zeugen, es gibt alles mögliche. Zu berücksichtigen ist der Ort, die Gelegenheit, das war das einzige, was die Bücher mich gelehrt haben. Man muß das Opfer in- und auswendig kennen und den Tatort ebenso. Man muß detailliert über alles Bescheid wissen, was dort passiert, welche Leute an diesem Ort verkehren.
Über all das wurde eifrig diskutiert. Und so kam schließlich unser Plan zustande.

25

Ich muß zugeben, daß ich noch nie ein besonders mutiger Kerl gewesen bin. Insofern war es normal, daß ich Angst verspürte, trotz Fúlvia Melissa an meiner Seite, die mich anspornte und mir Gründe lieferte, Ronald zu töten. So große Angst, daß ich nächtelang wach lag und über die Tat und ihre Folgen nachgrübelte, und wenn ich schlief, war es ein unruhiger Schlaf voller schrecklicher Alpträume.

Was mir in dieser so finsteren Zeit meines Lebens half, außer Fúlvia natürlich, war mein symbiotisches Vokabular. Wichtig zu erwähnen ist, daß ich, bis ich bei Universalis eingestellt wurde, niemals Selbsthilfebücher gelesen hatte, was nicht auf einem Vorurteil beruhte, sondern auf reinem Desinteresse an der Thematik.

Doch eines Tages, ich war gerade in einer Verlagsbesprechung und diskutierte mit Laércio über das symbiotische Vokabular, da erschien ein Mann und bat darum, mit dem Autor von *Lernen Sie sich selber lieben* sprechen zu dürfen. Ich sagte, Jequitibá sei nicht da, und fragte ihn, worum es ginge. Der Mann antwortete: ich möchte diesem Mann die Hände küssen, er hat mir das Leben gerettet, genau so, ich übertreibe nicht und lasse nichts weg. Und dann erzählte der Typ mir, wie

Jequitibá ihm das Leben gerettet hatte. Er hatte kein Geld, um das Nötigste zu kaufen, sein Familienleben lief miserabel, mit dem Beruf war es noch schlimmer, und keiner, wirklich *keiner,* half ihm. Während die *anderen* im Leben vorankamen, ihnen Gefallen erwiesen und jede Art von Vergünstigungen zuteil wurden, bekam er nichts, nicht einmal das, was ihm zustand. Er war ein ruinierter Mann, voller Haß und Neid und unglücklich, der den anderen die Schuld an seinem Ungemach gab und der, diese Worte stammen von ihm, »im Herzen nichts als Haß und Verzweiflung« beherbergte. Er spielte mit dem Gedanken, seinem elenden Leben ein Ende zu setzen, nicht ohne vorher seinen zwei Jahre alten Sohn zu töten, um »ihm zu ersparen, in dieser Welt voller Ungerechtigkeiten leben zu müssen«. So seine Worte. Eines Tages ging er, nachdem er zeitig sein Büro verlassen hatte, griesgrämig die Straße entlang, darüber nachgrübelnd, daß er sich an diesem Abend das Leben nehmen würde, als er im Schaufenster einer Buchhandlung *Lernen Sie sich selber lieben* liegen sah. Ohne zu wissen warum, ging er hinein und kaufte das Buch. Und ebenfalls ohne zu wissen warum, fing er gleich, als er nach Hause kam, an, es zu lesen. Er las ohne Pause. Bis zum Schluß. Als er fertig war, beschloß er, ohne zu wissen warum, die »Regeln des Buches«, die Worte sind von ihm, zu befolgen, und innerhalb kurzer Zeit veränderte sich sein Leben, die Beziehung zu seiner Frau, seinen Familienangehörigen und seinen Arbeitskollegen wurde besser, er wurde befördert, er ist ein glücklicher, erfüllter Mann, und zwar deshalb, weil er gelernt hat,

die Worte stammen von ihm, »daß das wichtigste ist, daß der Mensch sich selber liebt«.
Und das interessanteste ist, daß ich, während dieser Mann redete, dachte, genauso ist es, genau das passiert gerade mit mir. Mein symbiotisches Vokabular verlieh mir Kraft für alles. Meine neue Einstellung, die Klarheit meines Denkens, meine Stimmung, die passenden Worte, meine Art zu sprechen, ich war dabei, mich zu verändern, und das hatte mit meiner neuen verbalen Haltung zu tun. Ich hatte mich verändert. Zum Beispiel hörte ich auf, die Exzesse meiner Mutter hinzunehmen. Ich riß ihr das Megaphon aus den Händen und warf es weg. Sie raufte sich die Haare, aber ich ließ mich davon nicht unter Druck setzen, so wie es normalerweise passiert wäre. Und als sie anfing, vom Fenster aus zu schreien und die Nachbarn mir eine Unterschriftensammlung präsentierten, zögerte ich nicht und brachte meine Mutter in einem Pflegeheim unter. Anfangs redete sie kaum mit mir, sie wandte das Gesicht ab, wenn ich sie besuchen kam, das hätte mich früher fertiggemacht. Aber ich sagte mir selbst immer wieder, ich bin so. Ich denke so. Ich will es um meinetwillen so. Ich plante die Einzelheiten für den Mord an Ronald, und ich spürte, daß ich nicht aufgeben würde, ich marschierte vorwärts. Ich komme voran, wiederholte ich. Das war der Beweis für die Macht des richtigen Wortes. Bücher sollten nicht nur zum Vergnügen geschrieben werden, so wie ich es früher getan hatte, sondern um zu lehren, aufzubauen und zu retten.
Abgesehen von den praktischen Vorbereitungen

stimmten Fúlvia und ich uns gefühlsmäßig ein, indem wir uns meine subliminalen Übungen zunutze machten, die, wie ich bemerkt hatte, die tiefsten Schichten des Bewußtseins stimulierten.

Fúlvia war bei diesen Experimenten unschlagbar. Sie war die erste, die meine Übungen ausprobierte.

26

Subliminale Übungen

Vom Kreis: Zeichnen Sie auf ein Blatt Papier einen großen Kreis. Kleben Sie es mit Klebstreifen an die Wand. Schließen Sie die Augen und versuchen Sie, mit dem Zeigefinger die Mitte des Kreises zu treffen.
Von der Zahl eins: Eins ist eine magische Zahl. Sie ist der Anfang von allem, die erste Stufe auf Ihrer Erfolgsleiter. Sie sollten das Wort eins häufig verwenden. Atmen Sie ein. Beim Ausatmen sagen Sie einnnnnnns, indem Sie die Stirnhöhlen mit dem Ton dergestalt füllen, daß Ihre Wangen vibrieren. Wiederholen Sie diese Übung fünfmal.

Revelatorische Übungen

Ich: Ich ist das Wort, das die Menschen am häufigsten benutzen. Jedesmal, wenn jemand irgend etwas sagt, taucht das Wort *ich* auf. Spüren Sie dieses Ich, das Sie aussprechen. Begeben Sie sich vor den Spiegel, schauen Sie in Ihr Gesicht und sagen Sie ich, ichhhhhhhh, und denken Sie dabei an das Ich, das Sie sind. Und dann, wenn dieses Ich erscheint, in welcher Situation auch immer, denken Sie daran, was es inmitten Ihrer Worte tut.

Zurück zu den Tatsachen. Auf einen Vorschlag von Fúlvia Melissa hin rief Ronald mich eines Donnerstag nachmittags erneut an, seine Stimme klang munter, er erzählte mir, daß er seine mechanische Beinprothese eingeweiht hätte, und lud mich ein, einen Whisky mit ihm zu trinken.
Ich kam zehn Minuten zu früh. Die Außensprechanlage war defekt, was das Hausmädchen dazu zwang, persönlich das Tor aufzumachen, das war sehr gut, ich schrieb in mein Heft, Sprechanlage nicht reparieren.
Meiner Bitte folgend, ließ Fúlvia sich einige Minuten Zeit, um mit Ronald herunterzukommen. Ich schlenderte im Haus herum, schaute mir die Plazierung der Telefonapparate im Wohnzimmer an, den Garten, den Zuweg zur Wohnzimmertür, den Weg, der zu der Hintertür führte, ich spielte den Eindringling und ging in die Küche, um um ein Glas Wasser zu bitten, wobei ich vorgab, ich müsse ein Medikament einnehmen, ich bemerkte die Vorratskammer, so wie Fúlvia sie beschrieben hatte, die Hintertür, die rückwärtige Mauer, die die Abgrenzung zum Nachbargrundstück bildete. Auf dem Rückweg ins Wohnzimmer zeichnete ich eine Skizze auf ein Blatt Papier.
Ronald kam als erster herunter. In der Tat, sein mechanisches Bein war ein voller Erfolg. Es fiel kaum auf. Er zog sogar den Schuh aus, damit ich es sehen konnte,

selbst das Material war unglaublich, Lederimitat, mit Zehen, sehr beeindruckend.
Doch wirklich beeindruckt war ich von Ronald. Ein korrekter, liebenswürdiger, gut angezogener Mann, der Typ Mensch, den man anschaut und von dem man sagt, sieh mal, was für ein prima Kerl. Fúlvia hatte mir seine Geschichte erzählt, angefangen mit der Zeit, als er noch ein unbedeutender kleiner Kaufmann war, Inhaber eines Ladens für Baumaterial, einem kleinen, mit Seilen, Werkzeugen, Zement- und Kalksäcken vollgestopften Verschlag. Ronald hatte Fúlvia als Verkäuferin eingestellt, und drei Monate später waren sie verheiratet. Zunächst lebten sie in Frieden. Fúlvia bestand die Aufnahmeprüfung für die Universität, absolvierte ihr Biologiestudium, Ronald eröffnete noch einen Laden und noch einen, die Geschäfte liefen gut, aber er hatte bereits damit angefangen, sie als dumme Ziege und blöde Kuh zu beschimpfen. Als Fúlvia dann zu arbeiten begann, ging Ronald dazu über, sie zu verprügeln. Es gibt Männer, sagte Fúlvia, die nur Lust empfinden, wenn sie ihre Frauen verdreschen.
Nachdem wir uns kennengelernt hatten, wurde alles nur noch schlimmer.
Fúlvia erzählte mir, als sie die Trennung verlangt habe, sei Ronalds Antwort gewesen, ihr den Arm zu brechen. Ich schaute mir Ronald an und versuchte, jenen aufs Geld versessenen, gewalttätigen, aggressiven Mann in ihm zu sehen, der herumprügelte, einen Mann, der seine Frau an einem strahlenden Sonntag im Schlafzimmer einschließt, nur um sie zu quälen, doch der Mann, der

mir gegenübersaß, war ein Ehemann wie aus der Margarinewerbung.
Ronald machte einen Whisky für mich zurecht und einen weiteren für sich selbst, und dann, als Fúlvia, die schön war wie immer, sich zu uns gesellte, tranken wir noch einen und noch einen weiteren. Zum Abendessen leerten wir außerdem zwei Flaschen Wein.
Ich achtete ständig auf alles und registrierte die Einzelheiten. Als ich schon im Begriff war, mich zu verabschieden, bat Ronald mich zu warten, er wolle mir und Fúlvia noch etwas zeigen. Er ging zum Musikschrank, legte eine CD ein, schaut nur, sagte er.
Ronald fing an zu steppen. Er bewegte sich auf seinen ungelenken Beinen mehrmals quer durch den ganzen Raum, fast wäre ich zu ihm gestürzt, weil ich dachte, er würde fallen. Am Ende bedankte er sich mit klassischer Geste, indem er den Kopf neigte und seine Arme ausbreitete. Er fragte, ob es uns gefallen hätte. Ich bejahte, Fúlvia gab keine Antwort.
Auf dem Nachhauseweg verspürte ich Lust, alles hinzuschmeißen. Wären mir am darauffolgenden Tag nicht die Spuren der Hiebe und Schläge und Fußtritte auf Fúlvia Melissas Körper ins Auge gesprungen, ich hätte aller Wahrscheinlichkeit nach aufgegeben.

27

Idee für die Umschlaggestaltung

Sie streben nach Erfolg? Nach Geld? Sie wollen Ihr Leben ändern? Dann *Reichen Sie sich selbst die Hand.*

(Laércio, dies ist der Text, der in etwas kleinerer Schrift vorne auf dem Umschlag erscheinen soll.) Darunter steht in Rot der Titel *Reichen Sie sich selbst die Hand.* Der Umschlag als solcher ist blau, darauf ist die Innenfläche einer geöffneten Hand abgebildet, als Symbol für Geben und Nehmen. Mein Pseudonym ist in Rot gehalten. João Aroeira. *Sich selbst helfen lernen.*
Ein ansprechendes Foto von einem kräftigen Mann, der das Kinn auf die Hand gestützt hat und lächelt, folgt auf der Rückseite. Mir ist die Idee gekommen, das Foto von Moisés, meinem Bruder, zu verwenden, das ich Ihnen mitschicke. Zu Lebzeiten hatte Moisés unheimlichen Erfolg bei Frauen. Was halten Sie davon?

Auf der Innenseite des Umschlags als weiterer Text: João Aroeira, 35 Jahre alt, ist Begründer einer Lehrmethode für Techniken zur Verhaltensänderung auf der Grundlage der symbiotischen Linguistik.

Die Schotterpiste war schmal und voller Unebenheiten. Weit und breit keine Menschenseele. Weiter geradeaus befand sich eine Erdölbohrung, die nicht mehr in Betrieb war. Ich hielt in der Nähe der Plattform, wir stiegen aus dem Auto aus, es wehte ein kräftiger Wind, sie ordnete ihr Haar vor dem Seitenspiegel meines Chevrolets. Ich ging zur Bohrstelle, ich wollte mir das Pumpwerk anschauen. Es war voller Unrat und schien schon seit langer Zeit außer Betrieb zu sein. Ich ging zurück in Richtung Chevrolet. Sie stand da, gib mir die Waffe, sagte sie. Ich drückte ihr die Waffe in die Hand, hob eine Dose vom Boden auf. Ich werde die Dose dort aufstellen, sagte ich und deutete auf ein Autowrack. Schieß nicht, bevor ich dir OK gebe, hast du verstanden? Sie spuckte ihr Kaugummi aus. Alles klar, man muß nur auf den Abzug drücken? Ich ging rüber, plazierte die Dose auf dem Verdeck des Autos. Als ich wieder zurückkam, zielte sie mit dem Revolver auf meine Brust. Bleib stehen, du Hurensohn. Ich hörte einen dumpfen Knall, ich dachte gar nicht daran, stehenzubleiben. Sie feuerte noch zwei weitere Schüsse ab.
Ich wurde wach und machte meinen Kopf frei von James Cain. Nein, nicht James Cain. Chandler, *Der große Schlaf.* In letzter Zeit träumte ich nur noch von den Verbrechen, die ich studiert hatte, eine Tortur.
Wenn jemand eine Drecksarbeit zu erledigen hat, kann

ich ihm nur den Rat geben, sich einen Plan zurechtzulegen und ihn ohne lange zu fackeln in die Tat umzusetzen. Andernfalls ist der Plan etwas, das einem immer noch bevorsteht und Nacht für Nacht Alpträume verursacht, die Sicht, das Denken unterminiert, Sümpfe bildet, und was man für gut befunden hat, ist plötzlich gar nicht mehr so gut, Zweifel tauchen auf, man wird unsicher, denkt, daß man geschnappt werden wird, ich war das alles leid. Ich rief Fúlvia im Institut an und teilte ihr mit, daß es in der kommenden Nacht passieren würde.

Die Grundeigenschaft unseres Planes war seine Einfachheit. Wir würden das tun, was jeder tun würde. Der Vorschlag kam von mir selbst, und es war mein symbiotisches Vokabular, das mich auf die Idee dazu brachte. Zu jener Zeit betrieben wir unsere literarischen Studien, ich sagte, wir sind auf der Suche nach irgend etwas Originellem, ich sagte, aber was wir tatsächlich brauchen, ist das gute alte Händehoch-Schema, danach wird in Brasilien doch gemordet. Ich suchte mir ein paar alte Zeitungsausschnitte zusammen und zeigte Fúlvia die Zahlen, vorbei die Zeiten, als die Haupttodesursache in São Paulo der Herzanfall war, sagte ich. Die Anzahl von Leuten, die bei Überfällen ums Leben kommen, ist weitaus größer als die derer, die durch einen Herzinfarkt sterben. Man braucht sich nur die Statistiken anzuschauen. Es wird ganz einfach gehen, sagte ich, du läßt die Küchentür auf, ich komme rein und erledige die Geschichte in zwei Minuten. Du hast selbst erklärt, sagte Fúlvia, daß der erste Gedanke, der einer Frau, die ihren Mann umbringen will, in den Kopf kommt, der ist, einen Überfall vorzutäuschen. Das Problem, antwortete ich, das Problem ist, daß sie falsch an die Sache herangehen, sie erzählen ihren Freundinnen, daß sie einen Liebhaber haben, sie schicken die Kinder am Tag des Verbrechens zur Oma, sie legen den Hund, der immer frei herumläuft, an die Leine, sie geben dem Hausmädchen frei. Der Fehler bei einem Verbrechen dieser Art ist, zu versuchen, sich die Arbeit zu erleichtern, wir werden uns gar nichts leichter machen, sagte ich. Die Tür muß verriegelt sein, die Köchin muß am Kochtopf stehen, der Hund im Garten herumlaufen. Bei verriegelter Tür? fragte Fúlvia, hast du nicht gerade gesagt, daß ich den Riegel von der Küchentür auflassen soll? Ja, sagte ich, ich meine das ja nur theoretisch. Die Polizei soll denken, daß die Tür verriegelt gewesen ist, aber in Wahrheit wirst du sie für mich auflassen. Ach so, dann ist es ja gut, antwortete Fúlvia, ich dachte schon, du wolltest den Plan ändern. Alles soll seinen ganz normalen Gang gehen, sagte ich, das will ich damit sagen.

28

Guber,
wie verabredet hinterlege ich für Sie beim Portier Ihres Hauses ein Exemplar Ihres Buches, das ich gerade frisch aus der Druckerei geholt habe. Ich muß gestehen, daß der Gedanke, das Foto Ihres Bruders für den Umschlag zu verwenden, mich anfänglich etwas in Sorge versetzt hat, aber das Ergebnis hat mich überzeugt. Ich glaube, daß es den Verkauf unterstützen wird. Rufen Sie mich an, um mir zu sagen, ob es Ihnen gefällt.

Gruß,
Laércio

PS: Dieser miese Pedro Jequitibá hat in einem Interview behauptet, er habe Carnegie nie gelesen. Wissen Sie, was ich gemacht habe? Ich habe bei der Zeitung angerufen und ihnen gesagt, sie sollen Kapitel 2 des Buches *Glücklichsein kann man lernen* mit Kapitel 6 aus *Wie man Freunde gewinnt. Die Kunst, beliebt und einflußreich zu werden* vergleichen. Jequitibá erwähnt darin den Spruch, den er sich an die Tür seines Büros gehängt hat, du bist wichtig, das hat er von Carnegie abgekupfert, dieser Plagiator.

Außerdem hat Jequitibá ipsis litteris den Satz »Fast alle Menschen halten sich für wichtig. Für sehr wichtig.« abgeschrieben. Im selben Kapitel spricht Jequitibá von einer Studie der New York Telephone Company, die belegt, daß das in Telefongesprächen am häufigsten verwendete Wort das Pronomen *ich* ist. Das steht in Carnegies Buch. Sie haben das auf intelligente Weise in Ihren revelatorischen Übungen verwendet. Aber Jequitibá läßt sich über dieses Thema aus, indem er wie ein Idiot abschreibt. Und der miese Hund hat schon siebenhunderttausend Exemplare verkauft.

Dreiundzwanzig Uhr. Vorsichtshalber ging ich zu Fuß um den Block. In Wohnvierteln wie diesem, mit dunklen Gäßchen, war nach acht keiner mehr unterwegs, höchstens noch mit dem Auto. Fernsehgeräusche, Filme, Werbung, Nachrichten, alle hockten vor der Glotze. Die Tankstelle hatte geöffnet, aber von dort aus, so stellte ich fest, war es unmöglich, Fúlvias Haus vernünftig im Blick zu haben.

Ich ging zurück. Sprang über die Mauer und verstauchte mir beim Aufprall das Fußgelenk. Der Zwergpudel kam kläffend angerannt, Ralf, so hieß er. Komm her, Ralf, sagte ich. Zwei Minuten später hatte ich ihm das Genick gebrochen. Ich lief durch den Garten, am Haus entlang, hinkend wegen meines Fußes, im Wohnzimmer brannte Licht.

Neben der Küchentür ging ich in die Hocke. Wasser-

plätschern, es wurde Geschirr gespült. Ich drehte am Türknauf, stieß die Tür auf und ging hinein. Als das Hausmädchen die Waffe und die schwarze Maske sah, die mein Gesicht verbarg, wich sie mit weit aufgerissenen Augen zurück. Sie stieß gegen den Tisch, fiel rücklings zu Boden, gab keinen Pieps von sich. Sie sah nur meinen Revolver. Ich holte aus meiner Jackentasche eine Rolle Isolierband und klebte ihr den Mund zu. Wenn den Menschen die Todesangst packt, verwandelt er sich in ein widerliches Etwas, noch abstoßender war diese unterwürfige, winselnde Frau, sie tat mir richtig leid, es fehlte nur noch, daß sie sich auf die Schuhe gepinkelt hätte, die Ärmste. Ich brachte sie in die Vorratskammer, verfrachtete sie auf einen Stuhl. Es ist alles in Ordnung, sagte ich, es wird gar nichts Schlimmes passieren. Ich fesselte ihr die Hände auf dem Rücken, fesselte ihr die Füße, schloß sie ein.
Auf dem Rückweg zertrennte ich die Telefonschnur. Ich ging durch den Flur, vorbei am Bad, Ronald und Fúlvia saßen auf dem Sofa und sahen fern, als ich mit der Waffe im Anschlag eintrat.
Um Gottes willen, ein Einbrecher, rief Fúlvia. Das hatten wir nicht verabredet, ich fand es witzig. Es klang so unecht, wie sie es sagte, ich verstehe nicht, warum Ronald nicht kapierte. Ich ging näher heran, befahl Ronald aufzustehen. Er bat mich, ruhig zu bleiben, sagte, daß er kooperativ sein würde, daß er mir Dollars geben würde, Schmuck, die Autos und was sonst ich immer mitnehmen wolle, aber daß ich seiner jungen Frau, die sich in anderen Umständen befände, nichts antun, daß ich

sie in Ruhe lassen solle. Ihr wird nichts passieren, sagte ich, und in diesem Moment bemerkte ich, daß Ronald mir in die Augen schaute, richtig tief schaute er mir in die Augen, ich befürchtete, daß er meine Stimme erkannt hatte, ein beschissenes Gefühl überkam mich, so als ob ich gleich die Kontrolle über die Situation verlieren würde.

Ich dachte, er würde irgendwas sagen, aber Ronald rannte Hals über Kopf hinaus, in Richtung Garten. Ich lief hinter ihm her, den Revolver in der Hand, stolperte über die Schwelle der Glastür, die in den Garten führte. Fúlvia rannte an mir vorbei, komm schon, sagte sie, los, los, los, ich brauchte eine Weile, um mich hochzurappeln. Ich fand Fúlvia auf der Terrasse, er liegt unter dem Auto, flüsterte sie mir ins Ohr.

Ich lief zur Garage, da lag er, unter Fúlvias Wagen. Ich bückte mich und zog ihn an den Beinen, er trat um sich, und plötzlich hielt ich die Beinprothese, die sich gelöst hatte, in der Hand. Ich packte ihn am Arm und zog ihn unter dem Auto hervor. Guber? sagte er. Es war keine Frage. Er wußte, daß ich es war. Er machte weder Anstalten zu schreien noch zu kämpfen. Ich richtete die Waffe auf ihn. Worauf wartest du noch? fragte Fúlvia. Halt den Mund, sagte ich. Schieß doch, sagte sie. Ich brachte es nicht fertig, auf den Abzug zu drücken. Schieß endlich, sagte sie. Fúlvia riß mir den Revolver aus der Hand und schoß Ronald in den Kopf. Ein einziger Schuß in die Stirn. Komm, sagte sie, wir haben keine Zeit zu verlieren.

Ich folgte Fúlvia mit langsamen Schritten. Als ich die

Küche betrat, hörte ich einen weiteren Schuß. Fúlvia kam aus der Vorratskammer und zerrte die blutüberströmte Leiche der Köchin an den Armen hinter sich her.
Bist du wahnsinnig geworden? fragte ich. Ja, ich bin wahnsinnig geworden, sagte sie, und jetzt hör auf, es gibt keine Zeit zu verlieren, los, hilf mir. Verdammte Scheiße, sagte ich, du hast die arme Frau umgebracht, verdammte Scheiße, hilf mir, sagte Fúlvia, sie hat uns doch nichts getan, sagte ich, es ist eine Frage der Zeit, sagte Fúlvia, irgendwann hätte sie geredet, willst du ein Risiko eingehen? Los, Vorsicht, das Blut tropft auf den Läufer, nimm den Läufer da weg, rief sie.
Wir legten die Leichen von Ronald und der Köchin ins Wohnzimmer und in die Anrichte. Das Blut wischten wir auf und verbrannten die Feudel. Wir verriegelten die Küchentür, und anschließend brach ich sie auf, so wie ein Einbrecher es getan hätte. Wir durchwühlten die Kommoden, rissen die Schubladen auf, warfen Sachen auf den Boden, zerdepperten alles, öffneten den Safe. Schmuckstücke und Dollars wurden in ein Köfferchen gepackt, das Fúlvia in einem Schrank im Haus versteckte. Zuletzt fesselte ich Fúlvia im Wohnzimmer. Sie wollte, daß ich ihr einen Schuß in den Arm oder ins Bein verpaßte, aber mir fehlte der Mut. Schlag mich, sagte sie, als sie schon vollständig gefesselt war. Ich brachte es nicht über mich, sie zu schlagen. Du Idiot, willst du ins Gefängnis kommen, ja? Ich versetzte ihr einen Faustschlag auf den Mund. Tritt zu, sagte sie. Ich trat

zu. Noch mal. Es reicht, sagte sie, ich glaube, du hast mir einen Zahn ausgeschlagen.
Ich verkrümelte mich, niemand sah mich hinausgehen. Bevor ich nach Hause fuhr, warf ich die Waffe und die Maske in den Rio Tietê. Am nächsten Morgen rief Laércio an und teilte mir mit, daß schon zweitausendfünfhundert Exemplare von *Reichen Sie sich selbst die Hand* verkauft worden waren.

Himmel und Hölle

Und laßt der Welt, die noch nicht weiß, mich sagen,
Wie alles dies geschah; so sollt ihr hören
Von Taten, fleischlich, blutig, unnatürlich,
Zufälligen Gerichten, blindem Mord;
Von Toden durch Gewalt und List bewirkt,
Und Plänen, die verfehlt zurückgefallen
Auf der Erfinder Haupt: dies alles kann ich
Mit Wahrheit melden.

William Shakespeare
Hamlet

29

An: João Aroeira *Von:* Afonso Moraes

Sonderheft

Wie vereinbart schicke ich Ihnen hier die Fragen für das Interview. Ich möchte Sie um den Gefallen bitten, sie mir so bald wie möglich zurückzusenden, da das Interview in der Sonntagsausgabe vom *Sonderheft* erscheinen soll.

SH: Wozu so viel Geheimniskrämerei um Ihr Privatleben?
AROEIRA: Da gibt es kein Geheimnis. Mein Privatleben geht nur niemanden etwas an. Das ist alles.
SH: Die Fotos von Ihnen, die von der Marketingabteilung des Universalis-Verlages in Umlauf gebracht werden, nötigen den Leserinnen Seufzer ab. Es ist verständlich, daß sie mehr über Sie wissen möchten, zum Beispiel, ob Sie verheiratet sind. Wie ist für gewöhnlich Ihr Tagesablauf? Womit beschäftigen Sie sich gerne?
AROEIRA: Ich bin verheiratet. Mein Leben verläuft absolut normal.
SH: Weshalb geben Sie Interviews nur per Fax?

AROEIRA: Ich habe sehr viel zu tun. Außer meinen Büchern schreibe ich Artikel für verschiedene Zeitschriften und Zeitungen. Ich veranstalte Schulungen für Teams, die landesweit Vorträge über die Technik des symbiotischen Gleichgewichts halten. Auch bin ich dabei, ein Telemarketing-Zentrum aufzubauen, um den Lesern einen besseren Service bieten zu können. Darüber hinaus lerne ich Aramäisch und betreibe Fechtsport. Insofern habe ich keine Zeit, die gesamte Presse zu empfangen.

SH: Weshalb halten Sie die Vorträge und Kurse nicht selbst?

AROEIRA: Weil ich dann aufhören müßte, Bücher zu schreiben.

SH: Es gibt Gerüchte, wonach João Aroeira das Pseudonym von Pedro Jequitibá sein soll. Was sagen Sie dazu?

AROEIRA: Ach wirklich? Die Presse nimmt mir eben übel, daß ich sie nicht persönlich empfange. Sie denkt sich etwas aus. Die Presse ist sehr kreativ.

SH: Herr Aroeira, im vergangenen Jahr haben Sie drei Titel herausgebracht, *Reichen Sie sich selbst die Hand, Symbiotisches Wörterbuch des beruflichen Erfolgs* und *Symbiotisches Wörterbuch der Gesundheit,* und alle stehen auf der Liste der meistverkauften Bücher. Wie denken Sie über das Wachstum des Selbsthilfe-Marktes?

AROEIRA: Die Menschen sind auf der Suche nach ihren kreativen Energien. Ich spüre das sehr deutlich in den Briefen, die ich bekomme. Niemand schreibt mir, helfen Sie mir. Die Leserinnen schreiben, ICH will mir helfen. Dieses ICH verändert alles. Mit meiner Arbeit möchte ich genau auf diese Änderung des Verhaltens abzielen, mittels eines der grundlegenden Werkzeuge des Ausdrucks, welches das Wort ist.

SH: Sie haben einmal in einem Interview gesagt, wenn Sie aufs Geld aus wären, dann hätten Sie einen anderen Beruf gewählt, dann wären Sie nicht Schriftsteller geworden. Verdienen Sie Geld mit der Selbsthilfeliteratur?

AROEIRA: So viel, wie die Presse schreibt, verdiene ich nicht. Ich arbeite, weil es mir Spaß macht.

SH: Befolgen Sie selbst die Anregungen, die in Ihren symbiotischen Wörterbüchern gegeben werden?

AROEIRA: Normalerweise mache ich nach dem Aufwachen die Abfolge von Grundübungen, die in meinem ersten Buch in Kapitel 2 stehen. Es sind einfache Übungen, die Spaß machen und sehr, sehr wirksam sind. Mein Leben hat sich völlig verändert, seit ich die Technik des symbiotischen Vokabulars geschaffen habe. Heutzutage habe ich mehr Energie für meine Arbeit, mehr Lust zum Arbeiten, ich bin kreativer, und im allgemeinen erreiche ich meine Ziele.

SH: Was wird Ihr nächstes Buch sein?

AROEIRA: Sie werden eine große Überraschung erleben. Mehr kann ich nicht sagen.

Ein rundes Bett, ein Spiegel an der Decke, überall Klamotten, das war Ingrids Schlafzimmer. Nackt, den Kopf an meine Brust gelehnt, rauchte sie. Ich streichelte mit meiner Hand zart über ihren Rücken, ihre Pobacken, zwei feste, sphärische Gebilde, die in meine Hände paßten.

Ich saß im Flugzeug, sagte sie, zwei Männer, die neben mir saßen, unterhielten sich über Frauen. Heutzutage, sagten sie, kannst du eine Frau mit Sex nicht mehr an dich binden. Der eine, der noch nicht mal vierzig war, fing alle Sätze mit »zu meiner Zeit« an, zu seiner Zeit blieben die Frauen bei ihren Liebhabern, wenn sie gut waren, zu seiner Zeit waren die Frauen noch richtige Frauen, und heute sind sie Bürgerinnen, Bürgerinnen der B-Klasse, sagte er, das ist es, was der Feminismus der modernen Frau gebracht hat, sie haben ihr Mysterium verloren, aber es macht ihnen nichts aus, weil sie nämlich wollen, daß die Männer sagen, Frauen sind kompetent, auch wenn sie lange Zeit keinen Zugang hatten zur Philosophie, sagte er, zur Wissenschaft, früher, wenn du eine Frau erobern wolltest, sagte er, mußtest du nur sagen, daß sie hübsch ist, heute zieht das nicht mehr, du mußt ihr sagen, daß sie kompetent ist, rational, praktisch und polyglott. Jetzt wird es interessant, paß auf, der Ältere, der in den Fünfzigern war, sagte zu seinem Freund irgend etwas in der Art, daß die soziale Lage der Frau, der Machismo, der Feminismus, und wer weiß was noch alles, daß das lauter Blödsinn ist, wenn man über die Beziehung zwischen Mann und Frau redet, die Frauen wollen einen Mann und die Männer eine Frau, so funktionieren die Dinge, im Rahmen des Normalen jedenfalls, ich kenne keine Ablehnung, sagte er, ich bin von keiner Frau jemals abgelehnt worden, ich habe die Frauen geliebt, die mich geliebt haben, und wenn sie mich nicht geliebt hätten, sagte er, dann wären sie mir gleichgültig gewesen, der Grundgedanke in der Liebe ist die Empfänglichkeit und die Gegenseitigkeit, ich öffne mich, wenn du dich öffnest, und wir beide begeben uns hinein, die Geschichte, daß ich eine Frau liebe, die von mir nichts wissen will, habe ich nie verstanden, ich habe immer gleich darauf bestanden, du mußt mich lieben, das war immer so. Ich fand es interessant, was dieser Pfau redete. Der Typ, das habe ich noch vergessen zu sagen, der in den Fünfzigern, sah aus wie ein Pfau, und der Pfau hatte recht, ich bin seiner Meinung. Möchtest du ein süßes Leben haben? Du mußt mich lieben. Liebst du mich? Oder bist du nur scharf darauf, mit mir zu vögeln, wie am Anfang? Los, antworte, sagte Ingrid, indem sie mich am Haar zu sich zog und auf den Mund küßte. Ich liebe dich, sagte ich. Nach meiner Rechnung, sagte Ingrid, liebst du mich, seit du reich geworden bist. Erst, seitdem du mit dieser durchgeknallten Irren in dieses kitschige Haus gezogen bist. Seit März. Vorher haben wir miteinander gevögelt, ich habe gesagt, ich liebe dich, und du hast gesagt, ich liebe es, mit dir zu vögeln. In der Umzugswoche habe ich zu dir gesagt, ich liebe dich, und du hast geantwortet, ich liebe dich. Ich stand auf, fing an mich anzuziehen. Wohin gehst du? fragte Ingrid. Iß mit mir zusammen zu Abend, ich mach dir Kürbispüree.

Ich erklärte ihr, daß ich nicht konnte, Fúlvia hatte mich gebeten, zu Hause zu Abend zu essen.
Wenn du deiner Lucrezia Borgia schon gesagt hast, daß du dich trennst, weshalb mußt du dann mit ihr essen?
Es gefiel mir nicht, wenn Ingrid auf diese Weise über Fúlvia redete. Ich war immer noch eng mit Fúlvia verbunden, wir waren weiterhin miteinander vereint, Fúlvia und ich, es war natürlich nicht mehr die große Liebe, nach unserer Hochzeit wurde alles anders, es war auch nicht der Sex, es war eine andere Art von Band, eher eine Fessel als ein Band, die Dinge erlahmten, zuerst verloren sie ihren Reiz, dann gingen wir dazu über, die Worte abzuwägen, dann verschwand dieses wahnsinnige Verlangen, miteinander ins Bett zu gehen, und dann kam die Routine, es blieb nur ein Rest von Zuneigung, ein Rest, Respekt, Routine, mehr nicht. Eine Leiche im Gepäck wiegt schwer. Aber ich hatte Fúlvia gern, ich hatte sie wirklich gern, ich war ihr zärtlich zugetan.
Deine schlangenzüchtende Gattin, sagte Ingrid, muß wissen, daß ihr euch in der Trennungsphase befindet, sagte sie, und Ehepaare essen, wenn sie sich trennen, nicht gemeinsam zu Abend, er ißt mit seiner Freundin, mit seiner Geliebten, die in Kürze Besitz vom Thron ergreifen wird, und die Ex muß sehen, wo sie bleibt, soll sie doch mit ihren Schlangen zu Abend essen, sie liebt ihre Schlangen doch so, oder? Ja, das tut sie, sagte ich, und ich auch, Schlangen sind überaus spannend. Ich hasse Schlangen und Krokodile, antwortete Ingrid. Ich

hasse alles, was kriecht. Weißt du, was Mirna mir erzählt hat? Deine Frau bezeichnet mich als teutonische Kuh. Lucrezia ist nicht mal einfallsreich. Ich habe vom Typ her eher etwas Pferdehaftes. Sie könnte mich doch als teutonische Stute bezeichnen.

Ich küßte Ingrid, sie zog mich erneut ins Bett, setzte sich auf mich drauf und sagte, deine teutonische Stute muß dir etwas zeigen.

30

São Paulo, 22. Januar. Recanto da Paz. Samstag.

José, Du undankbarer Sohn, heute sende ich Dir Jakobus, den Wächter der Zunge. »... Auch die Zunge ist ein Feuer, eine Welt voll Ungerechtigkeit. So ist die Zunge unter unsern Gliedern: sie befleckt den ganzen Leib und zündet die ganze Welt an und ist selbst von der Hölle entzündet. Denn jede Art von Tieren und Vögeln und Schlangen und Seetieren wird gezähmt und ist gezähmt vom Menschen, aber die Zunge kann kein Mensch zähmen, das unruhige Übel, voll tödlichen Giftes.«
Laß es Dir gutgehen. Deine Dich liebende Mutter.
Rosário de Deus.

Vom Kopfende des Tisches aus, wo ich saß, bemerkte ich die vollendete Plazierung der Bestecke. Das weiße Leinentischtuch, die Servietten, Gläser für Wasser und Wein, Vasen mit Blumendekoration, und ich hier, in Erwartung der Köstlichkeiten, absolut ohne jeglichen Appetit. Woran denkst du? fragte Fúlvia, als sie mit einem Tablett in den Händen, auf dem zwei dampfende Schüsseln und der Salat standen, das Eßzimmer betrat.

An nichts, sagte ich, Unsinn, du bist traurig, sagte sie, ich weiß es. Schweigend nahmen wir das Abendessen ein, Fúlvia aß nur Salat.
Das Telefon klingelte dreimal, dann hörte es auf, noch bevor Fúlvia drangehen konnte. Das war Ingrids Code, sie machte es immer so. Ich hatte sie millionenmal gebeten, nicht unnötig bei mir zu Hause anzurufen, ich wollte Fúlvia nicht weh tun. Die Menschen verstehen nicht, wenn eine Beziehung ohne die herkömmliche schmutzige Wäsche, Streitereien, Beschimpfungen, Chaos zu Ende geht. Ingrid erfreute sich an dem Gedanken, sie sei der Grund für das Ende meiner Ehe. Aber die Wahrheit war, daß es kein Motiv, kein Ende gab, meine Ehe hörte ganz einfach auf, und was am traurigsten war, sie verwandelte sich in eine reine Firma, Rechnungen, die bezahlt werden mußten, Funktionen, Verpflichtungen, Liebling, reich mir bitte den Reis herüber, eine gesunde Firma, in der die Teilhaber, möchtest du Salat?, in der die Teilhaber trotz aller Differenzen, du ißt in letzter Zeit so wenig, in der die Teilhaber trotz aller Differenzen, das ist der Magen, er ist immer noch nicht Ordnung, in der die Teilhaber trotz der Differenzen, das ist der Streß, zu viel Arbeit, trotz der Differenzen setzen die Teilhaber sich zusammen an einen Tisch und unterhalten sich in aller Freundschaft. Wenn man heiratet, denkt man, daß einem das nicht passieren wird. Aber es passiert doch. Die Zeit vergeht, und es kommt der Tag, an dem man mit dieser Frau am Tisch sitzt, im Wohnzimmer, neben ihr im Bett liegt, wo auch immer, und man merkt, daß es vorbei ist. Anfangs strengt man sich

an, es tut einem leid, man selbst tut sich leid, die Frau tut einem leid, was zum Teufel ist bloß los? Es ist vorbei, es ist beschissen, aber so ist es eben, die Liebe geht vorbei. Man hat ihretwegen einen Menschen umgebracht, man hat seine Mutter ins Heim gegeben, um mit ihr zusammenbleiben zu können, man hat Geld verdient und das Haus gebaut, das sie haben wollte, um darin zu wohnen, aber das hilft alles nichts. Mit der Liebe ist es trotzdem vorbei. Und Fúlvia, das mußte ich zugeben, verlangte nicht viel von mir, sie hätte das Haus verlangen können, dazu hatte sie das Recht, fünfzig Prozent von allem, was ich durch meine Bücher verdient hatte. Aber nein, sie war korrekt gewesen. Sie hatte mich lediglich darum gebeten, gemeinsam mit ihr abzuwarten, bis das Ermittlungsverfahren wegen Ronalds Tod eingestellt worden wäre, was laut unserem Anwalt in Bälde geschehen würde. Warum zum Teufel kapierte Ingrid das nicht?
Ich erhob mich vom Tisch und nahm beim ersten Klingeln des Telefons den Hörer ab. Ingrid behauptete immer, daß ich eine Stimme wie ein Lexikonvertreter hätte, wenn Fúlvia in meiner Nähe war. Die Besprechung mit Laércio ist morgen früh um zehn, sagte sie. Das weiß ich bereits, sagte ich, Sie hatten es mir schon erzählt. Ach wirklich? fragte sie und äffte mich nach, Sie hatten es mir schon erzählt, ich weiß, sagte sie, und Sie, mein Herr, machen Sie sich auf was gefaßt, Laércio, dieser Wolfshund, ist ein bißchen mißtrauisch, er ahnt schon, daß wir dabei sind, einen Coup vorzubereiten. Aha, sagte ich. Ich hasse es, wenn du wie aus Plastik

bist, sagte sie, zum Teufel mit deinem Aha, und hör auf, mich Dona Ingrid zu nennen und mich zu siezen, dann ist mir teutonische Kuh lieber. Geh, iß mit deinem Frauchen. Klick. Ja, vielen Dank, Dona Ingrid. Ich setzte mich wieder an den Tisch.

Und wegen ihr willst du dich trennen? fragte Fúlvia. Ich versuchte, meinen Vortrag vom Vorabend zu wiederholen, und sagte, dieser Verdacht sei unbegründet und absurd, völlig absurd, und Ingrid, Dona Ingrid, sei eine seriöse Frau, die Leute seien eben alle gleich, sie redeten, erfanden Dinge, Fúlvia unterbrach mich, mein Problem, sagte sie, ist, daß ich intelligent bin, mir braucht niemand was zu erzählen, ich spüre es, ich weiß es, du hast ein Verhältnis mit Ingrid und Punkt.

Nach dem Essen brachte Deusdeth, unsere Serviererin, den Kaffee in die Bibliothek. Fúlvia setzte sich mit einer neuen Schlange, die sich ihr um den Arm gewunden hatte, einer indischen Albinopython, neben mich, sie bestand darauf, daß ich sie nahm, ein seltenes Exemplar, sagte sie, sie hat tausend Dollar gekostet. Ich erlaubte ihr, mir die Python auf den Schoß zu legen. Weiß sie über Ronald Bescheid? fragte Fúlvia. Die Schlange kroch langsam an meinem Arm hoch und ringelte sich mir in Windeseile um den Hals. Weiß sie über Ronald Bescheid?

Ich verspürte einen starken Druck am Hals, ich bat Fúlvia, mir zu helfen, weiß sie über Ronald Bescheid?, schnell, sagte ich, du darfst keine raschen Bewegungen machen, sagte sie, damit erschreckst du sie womöglich, nimm sie weg, sagte ich, schnell. Hast du Angst? fragte

sie, nimm sie weg, sagte ich, sie merkt, daß du Angst hast, sagte sie, nun mach endlich, sagte ich.
Geschickt brachte Fúlvia die Schlange dazu, auf ihren Arm herüberzugleiten. Sie hat schon gefressen, sie würde niemals angreifen. Ich fühlte, wie eine Hitzewelle durch meinen Körper lief.
Fúlvia unternahm noch einen Versuch, über unsere Ehe zu sprechen, sie schlug vor, daß wir irgendwohin reisen sollten, nach Paris vielleicht, sagte sie, vielleicht irgendwohin weit weg von hier, weit weg von Ingrid …
Ich antwortete, daß es keinen Zweck hätte, das Gespräch wieder aufzugreifen.
Zwischen uns gibt es keine Liebe mehr, hast du mir gestern gesagt. Aber zwischen uns gibt es eine Leiche, und wenn es darum geht, was zwei Menschen verbindet, dann erfüllt eine Leiche diese Funktion ebensogut oder besser als die Leidenschaft selbst.
Ich fühlte eine furchtbare Beklemmung. Ich ging ins Bad, ich übergab mich. Mit einem mentholhaltigen Präparat spülte ich meinen Mund, wusch mir das Gesicht. Als ich zurückkam, war Fúlvia nicht mehr da. Ich ging in mein Zimmer, wir schliefen in getrennten Räumen. Ich las ein wenig. Bevor ich einschlief, bemerkte ich, daß in Fúlvias Schlafzimmer Licht brannte. Ich ging hinein. Als ich näher kam, um sie zuzudecken, sah ich, daß sie irgend etwas gegen die Brust gedrückt hielt, Ronalds Beinprothese.
Ich kehrte in mein Schlafzimmer zurück. Ich verkroch mich unter der Decke und löschte das Licht.

Am darauffolgenden Tag erwachte ich mit einem Brennen oberhalb des Magens und mit Kopfschmerzen. Ich öffnete die Schublade meines Nachttischs, griff nach der Packung Antak und zerkaute zwei davon.
Ich stand auf, Fúlvia sei schon zur Fazenda gefahren, wurde mir mitgeteilt. Zwei Monate nach Ronalds Tod hatte Fúlvia die Läden verkauft, eine Fazenda erworben und war dazu übergangen, sich dem illegalen Handel mit Giftschlangen und dem Schmuggel von gefriergetrocknetem Gift verschiedener Schlangen, wie Jararacas und Klapperschlangen, ins Ausland zu widmen.
Ich duschte, zog mich an, ich fühlte mich gar nicht gut. Ich schwitzte, daß es nicht mehr feierlich war. Ich setzte mich in den Garten, lockerte die Krawatte. Der Junge, der sich um den Swimmingpool kümmerte, fischte mit einem langstieligen Sieb die Blätter aus dem Wasser. Er lächelte zu mir herüber. Die Übelkeit kehrte zurück. Ich ging ins Bad, aber ich konnte mich nicht übergeben.

31

Buch von João Aroeira weiterhin führend

João Aroeira hält sich mit seinem *Symbiotischen Wörterbuch der Gesundheit* weiter an der Spitze der Bestenliste. *Reichen Sie sich selbst die Hand,* sein Erstlingswerk, das während des gesamten ersten Halbjahrs die Verkaufszahlen anführte, ist auf die Liste der meistverkauften Bücher zurückgekehrt und nimmt dort seit drei Wochen den vierten Platz ein.

Ich ließ die Zeitung, die Laércio mir gegeben hatte, auf meinen Schreibtisch sinken. Er schaute mich mit seinen vergilbten Zähnen zufrieden an, er lächelte. Beten Sie? fragte ich. Er sagte zu mir, Gott komme ihm nur in den Sinn, »wenn's eng wird«.
Ich reichte ihm eine amerikanische Zeitschrift mit einer Studie über Religion. Einundfünfzig Prozent der Amerikaner beten, hieß es in der Studie. Und wenn Gott eine Antwort schuldig bleibe, auch gut, dann beten sie trotzdem weiter, so die Studie, die Gründe dafür standen dort aufgelistet, Krankheit, Arbeitslosigkeit, Enttäuschung, Unfruchtbarkeit, Drogenabhängigkeit, Verlassenwerden, alles mögliche.

Laércio überflog teilnahmslos die Zeitschrift. Und? fragte er. Unser Strand liegt anderswo, was wollen Sie damit? Ich erklärte ihm, daß die katholische Kirche in Brasilien pro Jahr sechshunderttausend Anhänger einbüßte und daß die Sekten wie Pilze aus dem Boden sprössen. Scheint mir ganz normal, sagte er und wollte damit das Thema beenden, die Leute suchen eben nach Frieden, nach Geborgenheit, so einfach ist das. Ja, sagte ich, genau darum geht es, Sie haben es erfaßt, setzen Sie sich bitte. Wollen Sie wirklich, daß wir uns darüber unterhalten? fragte Laércio. Ja, das will ich, sagte ich. Laércio setzte sich, ich merkte, wie seine Ungeduld ungezügelt wuchs. Sie haben ins Schwarze getroffen, sagte ich, das Wort heißt *Geborgenheit,* die Leute sind auf der Suche nach Frieden, nach Geborgenheit, und die Kirche, sagte ich, bietet niemandem Geborgenheit, ich weiß, sagte er und schaute auf die Uhr, heutzutage, sagte ich, kräht doch kein Hahn nach der Kirche, sie ist da wie eine Kuh auf der Weide, und ab und zu sagt sie mal Muh und verkündet, daß sie gegen die Abtreibung ist. Sehen Sie nur hier diese Zahlen. Ich weiß, sagte Laércio. Und jährlich, fuhr ich fort, verschwinden Tausende von Menschen in allen möglichen Ländern dieser Erde von zu Hause, um sich diesen verrückten Sekten anzuschließen. Es gab ein Jahr, in dem neunhundert Leute von einer dieser Sekten gestorben sind, nachdem sie Blausäure geschluckt hatten. Ich hatte gedacht, wir halten diese Besprechung ab, um über Ihr nächstes Buch zu reden, sagte Laércio in einem Ton, der mich reizte. Lassen Sie uns mit diesen Leuten sprechen, sagte

ich. Lassen Sie uns Bücher für sie schreiben. Wir bringen ihnen bei, wie man betet. Ich will in einer konstruktiven Art und Weise über Gott schreiben, sagte ich. Ich möchte für eine friedliche und gesunde Beziehung zu Gott eintreten. Und ich will meinen Namen benutzen. Mit dem Pseudonym ist es genug.
Laércio schaute mich gequält an, es dauerte, bis er antwortete. Einen Erfolg wie João Aroeira läßt man nicht sausen, sagte er. João Aroeira ist kein Name mehr, sondern eine Marke. Glauben Sie, daß von den Büchern eine Million fünfhunderttausend Exemplare verkauft worden wären, wenn der Name José Guber darauf gestanden hätte? Guber ist ein deutscher Name. Er ist gut für Bier. Ich habe Verständnis für Ihren Standpunkt, João Aroeira ist in aller Munde, und José Guber ist ein Anonymus, ein Niemand. Es ist nicht leicht, gelobt zu werden und stillzuschweigen. Man möchte am liebsten losschreien, ich weiß. Wir hätten auf dem Umschlag nicht das Foto von Moisés bringen sollen, das war übrigens Ihre Idee, doch jetzt ist das Kind in den Brunnen gefallen. Aber ich will Ihnen mal was sagen, für Sie ist das eine Entlastung, der Erfolg ist was Beschissenes. Ich bin Verleger, ich kenne die menschliche Seele. Sie haben all den Komfort und leben in Frieden. Ihre Nachbarn behelligen Sie nicht mit Autogrammwünschen. Wissen Sie, was es heißt, nicht in die Apotheke gehen zu können, um Präservative zu kaufen, ohne erkannt zu werden? Es gibt verschiedene Gründe dafür, Ihre Meinung zu ändern, sagte ich. Einer davon ist, daß die evangelischen Verlage uneingeschränkt

expandieren. Selbsthilfeliteratur verkauft sich am besten, sagte er, ich kenne den Markt. Ein weiterer Grund, sagte ich, bin ich selbst. Ich möchte über Gott schreiben. Ich werde das mit Ihnen zusammen machen, wenn Sie wollen. Natürlich rede ich nicht nur von guten Vorschüssen und auch nicht von läppischen zehn Prozent vom Verkaufspreis. Ich rede davon, daß ich Aktien vom Universalis-Verlag erhalte, ich rede davon, Teilhaber zu werden. Aber kann sein, daß Sie das nicht wollen, ich habe so was gehört, und in dem Fall packe ich die Sache selbst an und mache mein Buch alleine. Ich gründe einen Verlag und fertig. Aber ich möchte nicht wie ein Absahner aussehen. Sie haben die Wahl, sagte ich.
Der Schlag war hart für Laércio. Er stotterte, drehte und wand sich, hustete, und als er aus meinem Büro hinausging, war er völlig durcheinander, ich konnte es sehen.
Gleich darauf kam Ingrid in mein Arbeitszimmer. Der Wolfshund machte ein Gesicht wie sieben Tage Regenwetter, sagte sie, wie war euer Gespräch? Es gab kein Gespräch, antwortete ich, ich habe meinen Kram bei ihm abgeladen, er hat mich mit einem Gesicht wie ein Idiot angeguckt, er wollte drüber nachdenken.
Nachdenken worüber? Hat er nicht kapiert? Hast du's ihm nicht gesagt? Wir wechseln den Verlag. Wir können an die katholischen Christen verkaufen, an die Pfingstler, an die Protestanten.
Ich setzte mich aufs Sofa, ich brauchte Wasser. Ingrid öffnete eine Flasche Mineralwasser, goß mir ein, setzte

sich neben mich. Du bist ganz grün, sagte sie. Ist es wieder der Magen?
Sie nahm das Telefonbuch zur Hand, suchte nach einer Nummer. Sie wählte, du gehst gleich heute noch zum Arzt, sagte sie. Ich will nichts hören. Ich bin noch zu jung, um Witwe zu werden.

32

Dr. Ricardo, Facharzt für Gastroenterologie, stellte mir viele Fragen, bevor er mich untersuchte, unter anderem, ob es in meiner Familie irgendeinen Fall von Krebs gäbe. Während ich redete, machte er sich Notizen, tödliche Blutkrankheit in der Familie, Schlaflosigkeit, Unwohlsein, Kopfschmerzen, Übelkeit. Er wollte wissen, wie meine Ernährung aussah. Ich lieferte ihm einen mehr oder weniger detaillierten Bericht und erklärte ihm, daß meine Frau sich persönlich um meine Ernährung kümmerte, seit die Übelkeit angefangen hatte, und daß sie Öl und schwerverdauliche Nahrungsmittel vermied.

Ich wurde in einen kleinen Nebenraum mit Eucatex-Wänden voller Monitore geführt. Während der vierzig Minuten, die die Untersuchung dauerte, hielt meine Übelkeit an, ich war sehr angespannt, in meinem Kopf hämmerte es. Dr. Ricardo fuhr mit dem beweglichen Endoskop meine Speiseröhre entlang, Magen und Zwölffingerdarm, ließ die Organe auf dem Bildschirm sichtbar werden. Ich war beeindruckt von meinem Innenleben. Selbst mit dem Schlauch im Mund versuchte ich ihm zuzulächeln, so als könnte diese Anstrengung meinerseits eine tragische Diagnose verhindern. Ich hatte meinen Bruder an Leukämie sterben sehen, ich wußte sehr genau, wie das war. Chemotherapie und weiß der Teufel was. Haarausfall, dieser Athlet, dieser Schwimmer, den ich so sehr bewundert hatte, nach sechs Monaten glich er einem riesenhaften Fötus in seinem Krankenhausbett.

Wir kehrten in das Zimmer zurück, in dem wir vorher gewesen waren, Dr. Ricardo schaute auf meine Karteikarte, die Brille in der Hand. Er fragte mich erneut, ob ich in den letzten zwei Tagen Fisch gegessen hätte. Haben Sie im Rachen kein Kratzen verspürt? fragte er. Abends schon, sagte ich. Abends, sagte er und schaute noch mal auf meine Karte, Sie haben abends Suppe gegessen. Palmherzencreme, sagte ich.

Er wollte weitere Untersuchungen von mir haben, Blut, Stuhl, Urin, und gab mir einen Termin für drei Tage später.

Ich tat alles, was er mir aufgetragen hatte, und Fúlvia war großartiger denn je. Ohne daß ich sie darum gebeten hätte, verzichtete sie darauf, zur Fazenda hinauszufahren, sie stand mir in allem zur Seite, sprach mit einer befreundeten Laborpraxis, sie war fabelhaft. Ingrid wurde fuchsteufelswild. Das macht sie nur, um mich zu ärgern, sagte sie. Jede Frau weiß das. Schlimmer als eine unausstehliche, nervende, fette Ex-Frau ist wirklich nur eine Ex-Frau, die kumpelhaft, verständnisvoll und hübsch ist. Das ist ihre Rache, sagte Ingrid. Du hast mir den Ehemann weggenommen? Gut, dann mußt du eben meine Freundlichkeit aushalten. Du mußt ertragen, daß er sagt, ich sei eine fabelhafte Frau. Eine Gefährtin. Sie tut das aus Boshaftigkeit, diese

Lucrezia. Ingrid konnte nicht verstehen, weshalb ich noch nicht ausgezogen war, warum ich mit Fúlvia gemeinsam die Einstellung von Ronalds Ermittlungsverfahren abwarten mußte. Was hat das eine mit dem anderen zu tun? fragte sie. Betrügst du mich? Hast du Sex mit dieser Frau? Ist es das? Willst du dich versöhnen? Sag schon.

Es waren schwierige Tage. Zum vereinbarten Termin ging ich wieder zu Dr. Ricardo. Er analysierte die Untersuchungsergebnisse, Blut, Urin, alles normal. Die endoskopische Untersuchung zeigte eine Unterbrechung in der Speiseröhre, einen kleinen Schnitt, ohne Blutung. Ich hatte weder Geschwüre noch eine Gastritis. Wahrscheinlich hatte ich einen Fremdkörper verschluckt, eine Gräte, einen kleinen Knochensplitter, der die Verletzung verursacht hatte und der schon wieder ausgeschieden worden war. In einem oder zwei Tagen würde das vergehen. Was das Unwohlsein und die Übelkeit anbetraf, so deutete alles darauf hin, daß es sich um Streß handelte. Warum nehmen Sie sich nicht ein paar Tage frei?

33

Von: Laércio *An:* Ingrid

Blonder Engel, hier ist der endgültige Text von Klausel eins. Teil mir bitte mit, ob es für Euch so in Ordnung ist.
Änderung des Gesellschaftsvertrages – Universalis-Verlag
Klausel eins – Punkt eins – Als Gesellschafter wird in den Universalis-Verlag José Guber aufgenommen, Brasilianer, verheiratet, Schriftsteller, Personalausweis-Nummer RG 14654652 und Steuernummer CPF 235 765 438-53, wohnhaft und ansässig in der Rua Monte Claro Nummer 3, welcher erklärt, daß er sich keines der im Gesetz vorgesehenen Vergehen strafbar gemacht hat, die ihn an einer Ausübung seiner Tätigkeit hindern würden.
Punkt zwei – Angesichts der erfolgten Änderung wird Klausel zwei des Gesellschaftsvertrages künftig folgenden Wortlaut haben:

Gesellschafter	Anteile
Laércio Ferreira	80%
José Guber	20%

Ingrid hatte in einem Hotel in Malibu Zimmer reservieren lassen. Die Szene beim Abschied von Fúlvia brach mir das Herz. Sie im Fernsehzimmer, im Nachthemd, traurig, nachdem sie mir mit der größten Bereitwilligkeit meinen Koffer gepackt hatte. Darf ich dir einen Kuß geben? fragte sie, bevor ich ging. Sie trank eine Limonade, ich spürte die Berührung ihrer kalten Lippen auf meiner Wange. Zärtlich ordnete sie mir das Haar, sagte, ich könne ganz beruhigt sein, sie würde auf alles im Haus aufpassen.
Ich war schnell wiederhergestellt. Ingrids Sinnlichkeit nahm immer neue Dimensionen an, wir verließen kaum unser Zimmer, den ganzen Tag im Bett. Sex ist gut für die Gesundheit, sagte Ingrid, deshalb kommst du langsam wieder auf die Beine. Manchmal verbrachten wir einen Nachmittag in Santa Monica, Los Angeles oder Venice Beach. Ingrid liebte es, in Beverly Hills auf dem Rodeo Drive Einkaufsbummel zu machen, und sie brachte mich dazu, in den Läden dort einen Haufen Dollars auszugeben. In den zehn Tagen verschwanden meine Schmerzen, ich nahm zu und fühlte mich wie neu. Meine Verhandlungen mit Laércio waren schon einigermaßen weit gediehen, und ich schrieb bereits an meinem mystischen Buch, in dem ich Candomblé, Katholizismus, Hinduismus und Spiritismus zusammenwürfelte. Laércio hatte eine Hundertachtzig-Grad-Wendung vollzogen. Er sprach von einer millionenschweren Kampagne, um das Buch zu lancieren, mit Wandreklamen und Plakaten mit meinem Bild, Displays, Präsenten, wir werden schwere Geschütze auf-

fahren, sagte er. Er fertigte Studien an, arbeitete Pläne für die Zukunft aus und rief mich fast den ganzen Tag über ständig an. Es ist mir verteufelt schwergefallen, diesen Verlag zu gründen, hatte er mir vor meiner Abreise gesagt. In diesem Land funktionieren die Dinge eben so. Ein ernsthaftes Unternehmen zu gründen ist die Hölle, aber eine Kirche aufzumachen ist die einfachste Sache der Welt. Du gehst zum Notar und sagst, ich bin Bischof und will eine Kirche eröffnen. Die fragen dich nicht mal nach deinem Personalausweis. Du sagst einfach, du bist Bischof, und fertig, du bist Bischof, selbst wenn du kompletter Analphabet bist. In weniger als fünf Minuten bist du wieder draußen, und alles ist geritzt. Und du zahlst keine Steuern, denn obwohl diese Bischöfe sich das Geld nur so in den Arsch schieben, verfolgt eine Kirche keine Gewinnabsichten. Mein Vorschlag ist folgender. Wir bringen das Buch raus, du wirst Bischof, und wir eröffnen eine Kirche. Sieh dir nur diese Artikel hier an. Nimm sie mit auf die Reise und lies sie. Büßer vom Violetten Stern. Blätter des Himmels. Blaue Engel. Das ist die Zukunft, verstehst du? Das ist Jesus. Der Zehnte. Durch dich ist mir ein Licht aufgegangen. Ein Wahnsinnsgeschäft. Jesus ist der Weg. Jesus ist kein eingetragenes Markenzeichen, er gehört zum Allgemeinvermögen, er hat keinen Besitzer, jeder kann sich sein Scheibchen abschneiden. Und wir behalten den Verlag, du schreibst weiterhin deine Bücher. Nur statt unter dem Namen José Guber schreibst du sie als Bischof José Guber. Wie findest du das?
Darf ein Bischof vögeln? fragte Ingrid, als ich ihr von

Laércios Plänen erzählte. Wenn er vögeln darf, wo ist dann das Problem? redete sie weiter. Aber mit der Kirche bin ich nicht einverstanden, mit dem Wort *Kirche*. Die Kirche ist was für fromme Habenichtse und resignierte Greise. Wir müssen was Neues kreieren, irgend etwas, das schon dagewesen ist und neu erscheint. Das ist es, worauf die Leute fliegen. Etwas Neues, das keiner kennt, obwohl es seit viertausend Jahren existiert. Kristalle, Blüten, Tarot, chinesisches Horoskop, Azteken, Ägypter, Scientology, Runen, Numerologie, Wahrsagungen im allgemeinen, I-Ging, das altindische Bhagavadgita, diese Dinge, von denen man glaubt, daß sie schon verschwunden sind, die aber in neuem Gewand weiterhin konsumiert werden, diese Idioten haben einen Wahnsinnsappetit darauf, sie sind unglaublich gefräßig, dieses Pack werden wir füttern, auf Kosten des Aberglaubens dieser Spießer werden wir Geld verdienen. Hast du gesehen, als wir gestern auf dem Rodeo Drive spazierengegangen sind? Hast du dieses Kabbalistische Zentrum mit lauter Limousinen vor der Tür gesehen? Die Reichen und Berühmten aus Hollywood interessieren sich nur noch für die Kabbala und früher für Maharesh, Mararish Rach, wie war noch gleich der Name? Dieser fette Guru, der die Reinheit predigte und heimlich die Mädchen vernaschte?

An dem Abend, als ich aus Malibu zurückkehrte, rief mich mein Anwalt an und überbrachte mir die Nachricht, auf die ich seit so langer Zeit gewartet hatte. Die Sache Ronald war eingestellt worden. Fall erledigt.

Jetzt, sagte Ingrid, hast du keine Entschuldigung mehr.

Vorbei mit Lucrezia Borgia. Was ist los? Was guckst du wie ein herrenloser Hund? Tut Lucrezia dir etwa leid? Sie war schon an der Reihe, jetzt bin ich dran, sagte Ingrid. Jetzt bin ich die Königin vom weißen Kokoskonfekt, sagte sie. Vom schwarzen, Ingrid, die Königin vom schwarzen Kokoskonfekt, sagte ich.

34

Recanto da Paz. Mittwoch.
Du undankbarer Sohn, ich verzeihe Dir, daß Du Deine Mutter verlassen hast, weil ich Jesus in meinem Herzen trage. In seinem Namen schreibe ich Dir, ich habe eine Botschaft für Dich. Kommet. Gott will zu Euch sprechen. Ich liebe Dich. Ich liebe die Lahmen. Die Verkrüppelten. Die Blinden. Die Stotterer. Die Armen, so wie Jesus in der Bibel. Schnell vergeht das Leben, schnell vergehen auch wir. Groß ist unser Gott, der auf seinem Thron bis ans Ende aller Ewigkeit leben wird. Mein Sohn, strauchele nicht. Ich habe grauenvolle Alpträume. Ich sehe Dich, wie Du von den Schlangen der Hölle verschlungen wirst. Deine Mutter, Dienerin Gottes. Rosário.

In der Woche nach meiner Rückkehr aus Malibu stellten sich meine Magenschmerzen und die Übelkeit wieder ein. Fúlvia, die schon dabei war, ihren Umzug auf die Fazenda vorzubereiten, verschob ihre Pläne, um sich um mich zu kümmern, und gab als Grund dafür an, sie könne mich nicht in diesem Zustand allein lassen.
Ich ließ meine Bauchhöhle und den Dickdarm unter-

suchen, unterzog mich einer Tomographie, einer Magnetresonanzuntersuchung, einer Ultraschalluntersuchung des Abdomens und einer Untersuchung des Nahrungstransports. Die Ärzte kamen zu keiner Diagnose für mein Problem. Sie vermuteten eine äußerst seltene Krankheit, die durch den Kot kalifornischer Tauben hervorgerufen wird.
Bei einem meiner Besuche in der Klinik begegnete ich im Wartezimmer einem blassen kleinen Mädchen, das neben einer Frau saß, die vermutlich seine Mutter war. Das kleine Mädchen hatte die Augen geschlossen, den Kopf gegen die Wand gelehnt, und die Frau sagte, du schaffst das schon, ich bin ja bei dir, die Tränen rannen dem Kind übers Gesicht. Ich verließ die Arztpraxis, begab mich auf die Rua Raposo Tavares und fuhr direkt zum Recanto da Paz. Ich fand meine Mutter in ihrem weißen Nachthemd im Park des Krankenhauses, wo sie sich um eines der Blumenbeete kümmerte. Sie war viel dicker als das letzte Mal, als ich sie gesehen hatte. Sie umarmte mich freudig, war begeistert, wir hatten uns seit acht Monaten nicht mehr gesehen, und sie stellte mir keine einzige Frage, keine Forderung, sie sagte nur, daß es strenggenommen nicht sie sei, die mir Gottes Botschaft überbracht hätte. Ich hatte keine Ahnung, wovon sie redete, mein Brief, sagte sie, hast du meinen letzten Brief nicht bekommen? Ich erinnerte mich vage. Meine Mutter erzählte mir von Manoel, einem großen Freund von Jesus. Sie stieß einen Pfiff aus, und Sekunden später gesellte sich ein beleibter, kahlköpfiger Mann zu uns, der sagte, Jesus habe eine Botschaft für

mich geschickt, und die Botschaft laute wie folgt: schwarze Früchte. Was das zu bedeuten habe, wollte ich wissen. Jesus spreche in Gleichnissen, erklärte Manoel, er kenne die Bedeutung nicht, ich müsse sie alleine herausfinden. Meine Mutter erzählte, daß Manoel auch anderen Leuten Botschaften überbracht hätte, er sei ein Bote Gottes, und ich müsse versuchen, diese Worte zu verstehen. Das ist eine Warnung, sagte sie.

Das Recanto da Paz war ein friedlicher Ort, mit einem imposanten Hauptgebäude, einem riesigen Park, mehreren Apartments, Swimmingpool, Sauna und all dem sonstigen Komfort eines Fünf-Sterne-Hotels. Meine Mutter fühlte sich ganz wie zu Hause, sie kannte alle Schwestern und wurde freundlich behandelt. Manoel wich ihr nicht von der Seite, und manchmal, fiel mir auf, hielten sie sich bei den Händen. Ich verbrachte den Nachmittag mit ihr, bekam eine Badehose geliehen, schwamm zusammen mit meiner Mutter, versuchte, ihr das Tauchen beizubringen. Als ich am Abend heimkam, fühlte ich mich etwas besser. Ich berichtete Ingrid am Telefon davon, wir lachten über die Geschichte mit den schwarzen Früchten. Genieß es mit deiner Mutter, sagte sie, ich vermisse meine bis heute.

Ich besuchte meine Mutter von nun an häufiger. Anfangs lauschte ich den Geschichten, die sie und Manoel erzählten, ohne großes Interesse. Dann fing ich an, aufmerksamer zuzuhören und mir Notizen zu machen. Das gab mir Frieden. Außerdem lieferten sie mir gutes Material für mein Buch.

Du glaubst doch nicht etwa an diesen Unsinn von

deiner Mutter, oder? fragte Ingrid. Diese Bücher, die wir schreiben, sagte sie, ich habe Gott geschaut, Gott hat mir gesagt, ich liebe dich, sind eine Sache, die schwarzen Früchte sind etwas völlig anderes, das heißt nämlich, an diesen ganzen Kram zu glauben. Ich bemühte mich nach Leibeskräften, nicht daran zu glauben. Aber es ist schwer, nicht an Gott zu glauben, mit derartigen Magenschmerzen.

35

Guber, werfen Sie bitte einen Blick auf die Entwürfe zu den Wandplakaten.
Gruß, Laércio

Wandplakat 1 – Vorlaufphase
Weißer Hintergrund, rote Lettern: Erfahren Sie den wahren Namen von João Aroeira.
In Kürze im Handel: *Im Gespräch mit dem Schöpfer.*

Wandplakat 2 – Phase unmittelbar vor Erscheinen des Buchs
Foto von José Guber, ganz in Weiß, vor blauem Hintergrund.
Slogan: José Guber, der wahre Name von João Aroeira.

Wandplakat 3 – Erscheinungsphase des Buchs
Abbildung des Buchumschlags von *Im Gespräch mit dem Schöpfer* von José Guber. Foto des Autors in weißem Anzug, wie auf Plattencover von romantischem Schlagersänger.
Slogan: *Reichen Sie sich selbst die Hand:* kaufen Sie das Buch von José Guber.

Zum Karneval fuhren Ingrid und ich nach Acapulco. Ich befand mich in der Endphase meines Buches und kotzte in einer Tour, der Arzt schlug mir vor, ich sollte São Paulo verlassen, frische Luft atmen, im kalten Wasser schwimmen. Wir mieteten uns ein Haus mit Blick aufs Meer. Nachts, nach unserer Rückkehr aus dem Spielcasino, arbeitete ich an meinem Buch. Tagsüber wurde ich dazu verdonnert, Bootsfahrten mit einem Strohhut auf dem Kopf zu unternehmen, zu angeln, am Strand spazierenzugehen und Geld auszugeben.

Ich war an diesem Abend mit Schreiben beschäftigt, Ingrid lag im Nachthemd auf dem Bett, Heft und Federhalter in der Hand. Komm mal her, sagte sie, ich will dir was zeigen. Ich legte mich neben sie und sah die folgenden handschriftlichen Aufzeichnungen: 11. – Mittwoch: Erbrechen, Kopfschmerzen – São Paulo. 12. – Donnerstag: Erbrechen, Kopfschmerzen – São Paulo. 13. – Freitag: Erbrechen, Kopfschmerzen – São Paulo. 14. – Samstag: Kopfschmerzen – Ubatuba. 15. – Sonntag: leichte Kopfschmerzen – Ubatuba. 16. – Montag: Tag beschwerdefrei verbracht – Ubatuba. 17. – Dienstag: Kopfschmerzen – São Paulo. 18. – Mittwoch: Erbrechen, Kopfschmerzen – São Paulo. 19. – Donnerstag: Kopfschmerzen – Campinas. 20. – Freitag: Kopfschmerzen – Campinas. 21. – Samstag: Kopfschmerzen, Übelkeit – São Paulo. 22. – Sonntag: Erbrechen, niedriger Blutdruck, Kopfschmerzen – São Paulo. Ich las mir Ingrids Notizen durch. Seit wir aus Malibu zurück sind, fällt mir eins auf, sagte Ingrid, es geht dir nur dann besser, wenn du nicht zu Hause bist. Ich richtete mich im Bett auf. Vielleicht, sagte ich, trifft die Theorie des Arztes, daß ich unter Streß leide und sich dahinter ein emotionales Problem verbirgt, ja zu. Bist du etwa ein Mann für emotionale Probleme? Sieh mal, es geht dir nur dann besser, wenn wir verreisen. Das stimmt, sagte ich und schaute erneut auf die Liste. Weißt du, was ich für eine Theorie habe? sagte sie. Fúlvia ist dabei, dich zu vergiften. Und deshalb legt sie auch so großen Wert darauf, sich um dich zu kümmern, das ist der Grund, weshalb Lucrezia Borgia so viel Hingabe an den Tag gelegt hat. Jetzt verstehe ich auch, weshalb sie dich darum gebeten hat, eure Trennung erst nach der Einstellung von Ronalds Ermittlungsverfahren amtlich zu machen. Zeit gewinnen, das war es, was diese Superschlaubergerin wollte. Denk mal drüber nach. Und warum zieht sie jetzt, wo das Ermittlungsverfahren wegen Ronald eingestellt ist, nicht auf die Fazenda? Hattet ihr das nicht so verabredet? Doch, sagte ich. Und? fragte sie. Warum machst du so ein überraschtes Gesicht? Alle Frauen träumen davon, ihren Ehemann umzubringen. Wenn du stirbst, steht sie glänzend da, das Haus, dazu Universalis, und dann noch dein ganzes Geld. Warum sträubst du dich so gegen die Einsicht, daß die Menschen womöglich auch eine grausame Seite haben? Schreibst du nicht selbst gerade an einem Buch, in dem du die Einfaltspinsel für dumm verkaufen willst? Oha, sagte ich. Was ist? Ich bin's, Ingrid. Deine Ingrid. Mit mir kannst du reden. Das ist doch Verarschung, sprechen Sie mit Gott, Gottesübungen, Mantra von ich weiß nicht was, wir wissen, daß das reiner Opportunismus ist. Warum soll Fúlvia nicht auch ihre Gemeinheiten verzapfen dürfen? Was für ein Unterschied besteht darin, ob ich meinen Mann hintergehe, der mich gegen eine andere ausgewechselt hat, oder ob ich die dummen Leser an der Nase herumführe? Lucrezia ist nicht der Mensch, für den du sie hältst. Das da ist Falschheit. Wie Laércio sagt, ich kenne die menschliche Seele. Wenn jemand mit Schlangen arbeitet, Schlangen nährt, Mäuse in die Arena wirft, Kaninchen in den Rachen von Klapperschlangen stopft, dann nicht aus Zufall, sagte Ingrid.

Mit ihrer Liste hatte Ingrid mich ein wenig beunruhigt, aber ich glaubte nicht daran. Zwischen Fúlvia und mir bestand eine starke Bindung, davon wußte Ingrid nichts. Wir hatten einen Menschen umgebracht, das verband uns. Danach hatten wir uns immer mehr aufeinander fixiert, wir hatten uns abgekapselt, eine lange Zeit über bestand das Leben nur aus Fúlvia und mir und aus sonst nichts, wir kümmerten uns nur um einander. Sie gab mir Ruhe, animierte mich zum Schreiben, und ich tat das gleiche mit ihr. Einen Menschen umgebracht zu haben, hatte in unserem Leben den gleichen Stellenwert wie der Tod der Mutter für zwei kleine Geschwister. Was wir beide in jener Zeit durchgemacht hatten, verband uns zutiefst, das wußte Ingrid nicht, und das durfte sie auch nicht erfahren. Und der Gedanke an die Trennung machte Fúlvia zu schaffen. Sie litt, das war mir klar. Sie liebte mich, und ich wollte sie nicht verletzen.

Später im Bett versprach ich Ingrid, daß ich nicht mehr zu Hause essen würde, aber ich sagte mein Versprechen nur so dahin. Ich glaubte nicht daran, daß Fúlvia dabei sein könnte, mich zu vergiften.

36

Lieber Sohn, Dein Brief hat uns sehr gefallen. Ich und Manoel können es kaum abwarten, Dich wiederzusehen. Wir haben Neuigkeiten von Jesus. Ich weiß gar nicht, wie ich Dir diese Nachricht beibringen soll, unser Leben wird sich verändern. Ich möchte Ingrid, Deine Freundin, kennenlernen. Sag ihr, daß wir das Kürbiskompott, den Käse und die Turnschuhe bekommen haben, wir haben uns sehr gefreut. Manoel hat auch das Hemd aus Acapulco gefallen, aber er hätte es lieber gehabt, wenn ein Spruch von Jesus darauf gestanden hätte. Kaufst Du ihm ein Hemd, auf dem Ich bin ein Freund von Jesus steht? Manoel findet, daß wir immer über unsere Liebe zu Jesus sprechen sollten. Das ist auch meine Meinung. Ich und Manoel stimmen in allem überein. Wußtest Du, daß er genauso gerne mein Lieblingsgemüse Jiló ißt wie ich? Ich kenne keinen anderen Menschen, der gerne Jiló ißt. Dein Vater mochte Jiló. Und nun Jesajas: »Aber sie verspotteten die Boten Gottes und verachteten seine Worte und verhöhnten seine Propheten, bis der Grimm des Herrn über sein Volk wuchs und es kein Vergeben mehr gab.«

An dem Tag, an dem ich mein Buch bei Laércio ablieferte, fühlte ich mich beim Aufwachen besonders schlecht. Ich ging in die Küche; am Herd begegnete ich einer Frau, einer gewissen Mercedes, die dabei war, Essen vorzukochen, um es einzufrieren. Sie stellte sich vor und erklärte, daß sie Köchin bei Dona Fúlvia »in den Zeiten von Seu Ronald, dem armen Seu Ronald, Gott hab ihn selig« gewesen sei. Sie sagte, Fúlvia sei wegen meiner Gesundheit besorgt und habe sie gebeten, einige Gerichte vorzukochen, um sie einzufrieren. Fúlvia hatte Mercedes eingeschärft, daß sie wegen meines Problems nur gefiltertes Wasser verwenden sollte. Ich bat sie um einen Tee und legte mich in den Garten.

Im Haus herrschte ein einziges Tohuwabohu, überall Kisten von Fúlvia, sie wollte Ende der Woche auf die Fazenda ziehen.

Blauer Himmel, ein angenehmer Tag, aber ich hielt es in der Sonne nicht aus. Die Übelkeit wuchs, ich mußte in mein Zimmer gehen, verbrachte den Vormittag im Bett. Nachmittags kam Mercedes in mein Schlafzimmer und stellte eine dampfende Kanne auf meinen Nachttisch, darin ein dunkle, übelriechende Flüssigkeit. Sie sagte, daß sie diesen Aufguß immer für Dr. Ronald zubereitet hatte. Er war magenkrank wie Sie, sagte sie. Mir war neu, daß Ronald magenkrank gewesen sein sollte wie ich. Wirklich? fragte ich. Der Ärmste mußte sich ständig übergeben, sagte sie, Dr. Cisne wäre seinetwegen fast wahnsinnig geworden. Sie konnten nicht herausfinden, was für eine Krankheit er hatte.

Ich spürte einen Kälteschauer, der am untersten Ende

meiner Wirbelsäule einsetzte und auf meiner Zungenspitze zum Stillstand kam. Schwarze Früchte.
Sie versucht wahrscheinlich, mich zu vergiften, sagte ich.
Mercedes lachte über meinen Witz. Sie lachte vermutlich, weil ich sie gut bezahlte. Im Grunde fand sie meine Bemerkung nicht im geringsten komisch.

In Fúlvias Schlafzimmer standen überall verstreut stapelweise Kisten. Ich brauchte nicht lange, um einen alten, ledergebundenen Kalender zu finden, einer von denen mit austauschbaren Innenblättern. Ich schaute direkt unter dem Buchstaben C nach. Da stand er, Dr. Cisne, Gastroenterologe, 8661-7524. Ich wählte. Dr. Cisne hatte gerade Sprechstunde, ich bekam ihn erst beim dritten Versuch an die Strippe. Mit meiner Lexikonverkäuferstimme gab ich mich als Pedro, Ermittlungsbeamter der Polizei, aus und sagte, daß ich seine Zeit nicht lange in Anspruch nehmen wolle, nur ein paar kleine Fragen. Ja, Ronald sei Patient bei ihm gewesen. Ja, Ronald habe an einer nicht diagnostizierten Störung des Magens gelitten, wahrscheinlich verursacht durch emotionale Probleme. Warum kommen Sie nicht vorbei? fragte er. Ich kann die Einzelheiten in meinem Archiv überprüfen. Ich legte auf.
Ich war schon im Begriff, den Kalender zu schließen, da fiel mir die Ecke von einem Stück Papier ins Auge, das aus dem Leder hervorlugte. Ich zog es heraus. Ein Umschlag mit Fúlvias Namen. Oben rechts befand sich ein Logo, eine Postkutsche mit zwei Cowboys auf dem

Kutschbock, einer davon trug eine Winchester bei sich, deren Lauf in die Luft ragte. Wells Fargo Bank, PO Box 5008 – Campbell CA. Ich öffnete den Umschlag. Darin ein Bankauszug, Guthaben drei Millionen zweihunderttausend Dollar. Ich schaute ein zweites Mal. Drei Millionen zweihunderttausend Dollar.
Ich nahm eine eiskalte Dusche, drei Millionen Dollar, verließ das Haus, aß an der Ecke, drei Millionen, ging wieder nach Hause, setzte mich ins Wohnzimmer und wartete mit dem Umschlag in der Hand auf Fúlvias Rückkehr.

37

Um zwei Uhr morgens hielt ein Auto vor der Tür meines Hauses. Fúlvia stieg eilig aus, ging um den Wagen herum und verabschiedete sich vom Fahrer. Als sie mich auf dem Sofa erblickte, überall brannte Licht, schlüpfte sie unverzüglich in ihre Rolle der mustergültigen, seriösen Ex-Ehefrau, mit dem gleichen Talent wie immer. Sie küßte mich auf die Stirn, sagte, sie sei völlig erledigt, sie habe bis eben ein Gespräch mit einem Geschäftsmann aus Diablo Valley geführt, einem Spezialisten für australische Pythons. Sie fragte, ob es mir besserginge, ob ich gegessen hätte, was sie für mich vorbereitet hatte, ob ich Melissentee wollte.
Ich zeigte ihr den Auszug von der Fargo Bank.
Sie setzte sich in den Sessel und legte die Füße auf den Couchtisch, auf meine Kunstbücher. Das ist Geld von Ronald, sagte sie voller Selbstverständlichkeit.
Ich fragte, ob es sich um Geld handele, das sie bei Ronalds Tod erhalten hätte, die Versicherung, sagte ich. Es gibt keine Versicherungen in dieser Höhe, antwortete sie, das weißt du ganz genau. Hab schon verstanden, sagte ich, die Versicherung und noch alle möglichen anderen krummen Dinger.
Sie stand auf, ging zur Bar, griff nach einer Whiskyflasche, einem Glas mit Eis, und fing an davon zu reden,

wie sehr ich ihr das Leben versaut hätte. Komm bloß nicht und zeig mit dem Finger auf mich, sagte sie, der Verräter hier bist du, wir waren noch nicht mal richtig verheiratet, da hast du schon angefangen, mit dieser Sekretärin zu vögeln, du hast dich nicht mal bemüht, was Besseres zu finden, du hast das Erstbeste genommen, was dir über den Weg gelaufen ist, eine Sekretärin, sagte sie, du hast nicht mal ein schlechtes Gewissen, daß wir Ronald getötet haben, sagte sie. Natürlich hatte ich kein schlechtes Gewissen. Ich brauchte keine Gewissensbisse zu haben, ich hatte niemanden umgebracht, Fúlvia hatte Ronald getötet, am Tag, als das Verbrechen geschah, nahm sie mir den Revolver aus der Hand, du ich-weiß-nicht-was, sagte sie in ihrem Ärger darüber, daß ich zögerte, und erschoß auch noch das Hausmädchen, ich hätte das Hausmädchen niemals umgebracht, ich hätte Ronald nicht umgebracht, ich hätte überhaupt niemanden umgebracht, Fúlvia war diejenige, die die Menschen so betrachtete wie die Mäuse, die sie den Schlangen in den Schlund warf, die Schuld lag ganz allein bei ihr, und selbst so verspürte ich immer noch Gewissensbisse.

Aber sie ließ mich nicht zu Wort kommen, sie wollte nichts hören, die alte Hexe. Ich wollte ebenfalls nicht zuhören, ich wollte reden, drei Millionen Dollar, ich weiß, daß das auch Geld aus Versicherungen ist, du Mörderin, wollte ich sagen, du Psychopathin, ich wollte sie an den Schultern packen und durchschütteln, sie schrie, sie hörte mich nicht, mein Geld, sagte sie, mit jedem zweiten Satz wiederholte sie, daß das ihr Geld sei,

mein Geld, mein Geld, sie sagte, sie habe sich nie in meine finanziellen Angelegenheiten eingemischt und erwarte, daß ich es genauso machte, sie sagte, bei der Trennung habe sie Anspruch auf die Hälfte von allem, und dennoch verlange sie gar nichts. Aber wenn ich sterbe, bekommst du alles, sagte ich.
Sie trank ihren Whisky, gab keine Antwort.
Dr. Cisne, sagte ich. Ich weiß nicht, wovon du redest, antwortete sie.
Arsen, antwortete ich, ich rede über Arsen, Blausäure, Schierling, Lebensmittelvergiftung, Herbizide, irgend so eine Sauerei. Das ist genau der Grund, weshalb du immer nur ein piefiger kleiner Schreiberling warst, sagte sie. Du hast keine Phantasie, es ist alles zweitklassig, ein zweitklassiger Mann, zweitklassige Literatur, B-Movies. Ich frage mich nur, ob Ronald der erste war, sagte ich, vielleicht gibt es ja noch andere, drei vielleicht, drei Versicherungen machen drei Millionen Dollar, nicht wahr? Geh zum Teufel, sagte sie.
Ich fahre zu Ingrid. Wenn du auf die Fazenda gezogen bist, komme ich zurück.
Als ich aus dem Haus ging, sah sie mich mit todernstem Gesicht an, ohne ein einziges Wort zu sagen.

Ingrid öffnete erschrocken die Tür, sie war barfuß. Ist mit dir alles in Ordnung? fragte sie, als sie meinen Koffer sah.
Ich erzählte Ingrid, daß ich an diesem Abend Arsen in Fúlvias Sachen gefunden hatte. Diese Hexe, sagte Ingrid, ich hab's gewußt, ich hab's gewußt, ich hab es dir

ja gesagt. Ich konnte Ingrid nicht die ganze Wahrheit erzählen, ihr von dem Bankkonto im Ausland berichten, von den drei Millionen Dollar, und auch nicht von meiner Unterhaltung mit der Tiefkühlmamsell, dem Gespräch mit Dr. Cisne, all das hätte mich dazu gezwungen, über Ronald zu sprechen, und Ingrid hatte keine Ahnung davon, wie Ronald ums Leben gekommen war. Bei mir hatte es acht Monate gedauert, nachdem Ronald tot war, bis ich wieder normal schlafen konnte, und dann noch wer weiß wie lange, bis ich das Bild wieder los wurde, wie er durch den Garten lief, die Beinprothese, die sich von seinem Körper löste, sein angsterfüllter Blick, bevor er starb, die ganze Sache bekam mir überhaupt nicht. Ich wollte nicht, daß Ingrid davon erfuhr.

Sie bestand darauf, zur Polizei zu gehen und Anzeige zu erstatten, das ist versuchter Mord, sagte sie, wir bringen diese Lucrezia ins Gefängnis. Nein, antwortete ich. Betreibst du auch illegalen Schlangenhandel? Machst du irgendwas Ungesetzliches? fragte sie. Abgesehen von den Büchern? antwortete ich. Wir lachten. Wo ist das Problem? sagte sie, verheimlichst du mir irgend etwas? Nein, natürlich nicht, antwortete ich. Sag mir einen einzigen Grund, weshalb wir diese durchgedrehte Irre laufenlassen sollen. Sie wird mir nichts mehr tun, sagte ich, sie wird auf die Fazenda ziehen und mich in Frieden lassen. Das bezweifele ich sehr, antwortete Ingrid.

Ich war müde, ich wollte schlafen. Ich nahm ein Schlafmittel, das Ingrid mir gab, wir legten uns ins Bett und schmiegten uns aneinander, ich vergrub meine Nase in ihrer blonden duftenden Haarpracht und fiel in einen schweren Schlaf, ich hörte nicht einmal das Winseln des Pudelwelpen im Stockwerk über uns, der wie ein zum Tode Verurteilter jaulte, seit er von der Mutter getrennt worden war.

Am nächsten Morgen wachte ich davon auf, daß es an der Tür klingelte. Wasserrauschen, Ingrid war unter der Dusche. Ich stand auf.

Ich öffnete die Tür, es war Fúlvia. Auf ihrer Stirn stand geschrieben: Achtung, nervöse Frau. Sie kam rein, wir müssen miteinander reden, sagte sie. Vorsicht, bissiger Hund. Sie ließ ihren Blick durch die Wohnung schweifen, wie ein Tier, das nach Nahrung sucht.

Ingrid erschien, in ein Badetuch gehüllt, in der Flurtür. Hast du deiner Sekretärin schon erzählt, wie wir Ronald umgebracht haben? Ich wette, du hast es nicht erzählt, sagte Fúlvia. Wer ist Ronald? fragte Ingrid und sah zu mir herüber.

Ronald ist der arme Teufel, den er getötet hat, antwortete Fúlvia.

Ingrid schaute mich erschrocken an. Diese Frau ist verrückt, sagte ich, laß mich mit ihr reden.

Ingrid wollte nicht gehen, sie wollte alles wissen, es war harte Arbeit, sie davon zu überzeugen, mich mit Fúlvia allein zu lassen.

Paß mal auf, sagte ich, als Ingrid hinausgegangen war, hör gut zu, was ich dir sagen werde, sagte ich, schrei mich nicht an, sagte sie, ich schreie, soviel ich will, erwiderte ich und schleuderte sie aufs Sofa, setz dich hin

und hör zu, was ich dir sagen werde, ich werde es nur einmal sagen. Ich sah sie an. In ihrer Hand befand sich jetzt ein Revolver, der auf mich gerichtet war. Runter mit dem Scheißding, sagte ich, ich warf mich auf sie, wir wälzten uns auf dem Boden, die Waffe, ich hasse dich, sagte sie, wir rollten, ich versuchte, die Waffe zu ergreifen, rollten, aus dem Revolver löste sich ein Schuß.
Fúlvia schubste mich weg und stand auf. Ich sah, daß meine Kleider voller Blut waren. Ich sah, wie Ingrid ins Wohnzimmer kam. Fúlvia schlug ihr ins Gesicht, halt's Maul, du Sekretärinnenschlampe, sonst verpasse ich dir auch noch eine Kugel. Ich machte Ingrid ein Zeichen, ruhig zu bleiben. Ruf die Polizei, sagte Fúlvia und steckte den Revolver ein, los, das möchte ich mal sehen, sag, daß ich versucht habe, dich umzubringen.
Ich verspürte ein Brennen in Brusthöhe, ich wollte lieber nicht hinschauen. Und wenn du schon mal dabei bist, fuhr Fúlvia fort, kannst du auch gleich sagen, daß ich illegal mit Gift handele. Sag, daß ich Gift nach ganz Europa verkaufe, zur Herstellung von Medikamenten, sag's doch. Ich kann's gar nicht erwarten, daß du die Polizei rufst, die ganze Nacht habe ich daran gedacht.
Schon in der Tür, schaute sie mich noch einmal an, bevor sie hinausging. Du sitzt genauso in der Scheiße wie ich, sagte sie.
Wenn Ingrid nervös war, dann gelang ihr hervorragend, es zu verbergen. Ich bringe dich ins Krankenhaus, sagte sie. Sie holte ihre Tasche, den Autoschlüssel, fragte, ob ich es zu Fuß bis zur Garage schaffen würde.

38

Stimmen Sie sich ein auf Ihr Gespräch mit Gott

Die Übungen, mit denen die Atmosphäre von Raum- und Zeitlosigkeit geschaffen wird, die für eine Plauderei mit Gott notwendig ist, sind mantrischer Natur und haben die Funktion, uns leer werden zu lassen. Sie befreien unseren Geist von unserem wahrnehmenden und kontrollierenden Ich. Sie machen uns frei von uns selbst, damit wir Gott empfangen können.

Konsonantisches Mantra – Ausbalancieren der aktiven Energie

Es gibt zwei Varianten:

1. Das S-Mantra

Stellen Sie sich aufrecht hin, mit geschlossenen Augen, und füllen Sie Ihre Lungen mit Luft, visualisieren Sie die Farbe Blau und atmen Sie aus, so als wollten Sie das Zischeln einer Schlange nachahmen, sssssssssssssssssssssss.

2. Das Z-Mantra

Stellen Sie sich aufrecht hin, mit geschlossenen Augen, und füllen Sie Ihre Lungen, visualisieren Sie die

Farbe Blau und betonen Sie beim Ausatmen den Buchstaben Z, zzzzzzzzzzzz.

Vokal-Mantra – Ausbalancieren der passiven Energie unserer fünf Sinne (Gesicht, Gehör, Geruch, Geschmack, Tastsinn): Stellen Sie sich aufrecht hin, mit geschlossenen Augen, füllen Sie die Lungen mit Luft, und betonen Sie beim Ausatmen den Buchstaben A. Wiederholen Sie die Übung weitere vier Male und ersetzen Sie dabei den Vokal A durch E, I, 0, U.

Auf dem Weg ins Krankenhaus überzeugte ich Ingrid davon, sie müsse sagen, daß wir an der Ecke ihres Hauses von einem hochgewachsenen, kräftigen Mann mit tätowierten Armen überfallen worden waren. Wiederhole, sagte ich, er steckte die Waffe durchs Fenster, sagte sie, du hast versucht zu reagieren, da hat er geschossen. Wie sah der Mann aus? fragte ich. Groß, mit lauter Tätowierungen auf dem Arm, antwortete sie. Welche Hautfarbe? Pechschwarz, antwortete Ingrid. Wie kann er pechschwarz gewesen sein, wenn er lauter Tätowierungen auf dem Arm hatte? Dann war er eben weiß, sagte Ingrid. Ein Weißer, paß auf die Ampel auf, sagte ich. Ein Weißer, sagte sie, mit lauter Tätowierungen auf dem Arm.
Das Blut tropfte von meinem Hemd, Ingrid fuhr mit Höchstgeschwindigkeit, schnitt Kurven, fuhr über Bürgersteige, wendete, obwohl es verboten war, und sagte mir in einem fort, daß alles in Ordnung sei, daß alles gut

werden würde, ein Weißer mit lauter Tätowierungen auf dem Arm.
Eine Ärztin vom Dienst nahm sich meiner an und erklärte mir, nachdem sie mich untersucht hatte, daß sich die Kugel hinter meinem linken Schulterblatt eingenistet hätte. Es sei nichts Ernstes, aber ich müsse operiert werden.
Als ich aus der Narkose erwachte, lag Ingrid neben mir auf dem Bett. Ich habe schon mit dem Kriminalbeamten vom Dienst gesprochen, sagte sie, es ist alles glatt gegangen. Sie fragte, ob ich Schmerzen hätte. Ich verneinte. Möchtest du deine Ruhe haben? fragte sie. Ich will reden, sagte ich. Sei mal still, sagte sie, ja, sprich, du kannst reden. Ich erzählte ihr von Ronald, von dem Unfall mit der Schlange im Plantagenhotel, von dem Plan mit dem Überfall, von der Tat, den Ermittlungen, alles, mit allen Einzelheiten. Ich redete eine halbe Stunde lang, Ingrid hörte aufmerksam zu. Sie wollte wissen, ob die Polizei sich nicht mit dem Umstand beschäftigt hätte, daß Ronald ein paar Monate vor seinem Tod ein Bein verloren hatte. Sie haben es geprüft, sagte ich. Sie haben meinen Namen auf der Gästeliste des Plantagenhotels entdeckt, ich wurde zu mehreren Vernehmungen vorgeladen, ich habe erklärt, daß ich Fúlvia bei dieser Gelegenheit kennengelernt und dem Paar dabei geholfen hätte, zu einer Erste-Hilfe-Station zu gelangen. Zu der Zeit war unsere Beziehung noch nicht öffentlich bekannt, niemand wußte etwas von uns. Der Kommissar, der den Fall untersuchte, sah aus wie ein Depp, als er mitbekam, daß ich João Aroeira war. Seine Frau war

ganz verrückt nach João Aroeira. Jedesmal, wenn ich zu dem Typen ging, um auszusagen, lagen fünf, sechs Bücher auf seinem Schreibtisch, die ich signieren sollte. Wenn meine Frau erfährt, daß Sie gar nicht der gutaussehende Kerl vom Buchumschlag sind, sagte er, wird sie völlig fertig sein. Er wurde mein Freund, der Kommissar. Er stellte mir ständig Fragen zu den symbiotischen Übungen, darüber, wie ich schriebe, woher ich meine Ideen nähme, er lud mich sogar mal zu Sylvester zum Churrasco ein. Nach einiger Zeit kannte ich alle Ermittlungsbeamten auf dem Kommissariat. Die Typen waren von mir begeistert. Das war es, was uns geholfen hat, sie haben es uns leichtgemacht, das ist die Wahrheit. Ich erwies ihnen auch ein paar Gefälligkeiten. Ganz diskret natürlich. Ein Fernseher zu Weihnachten, eine Stereoanlage, Dinge in dieser Art. Schlecht behandelt werden von diesen Kameraden nur die armen Schlucker, sagte Ingrid. Und? fragte ich, was hat das mit der Geschichte zu tun, die ich dir gerade erzähle? Das hat insofern damit zu tun, als die Polizei dich mit oder ohne Beweis auf jeden Fall ins Gefängnis gesteckt hätte, wenn du ein armer Schwarzer gewesen wärst, aber du warst João Aroeira, und die Frauen von Kriminalbeamten und Anwälten lesen João Aroeira, deshalb ist alles so gekommen, und Ronald vermodert da unten in der Erde, und diese Mörderin läuft frei herum und versucht, noch mehr Leute um die Ecke zu bringen. Wäre dir lieber, wenn sie mich verhaftet hätten? fragte ich. Nein, natürlich nicht, sagte sie. Du kannst ruhig die Wahrheit sagen, sagte ich, jetzt, wo du alles weißt, findest du, daß ich ein Mörder bin? Du warst nicht derjenige, der geschossen hat, sagte sie, du hast niemanden umgebracht. Ich bin Komplize, sagte ich. Komplize ist nicht gleich Mörder, sagte sie, Komplize ist Komplize. Und als ihr geheiratet habt, ist die Polizei da nicht mißtrauisch geworden? Als ich Fúlvia geheiratet habe, sagte ich, war Ronald schon seit einem Jahr tot, Fúlvia und ich haben kurz vor der Party bei Mirna geheiratet, weißt du noch, wo ich dich getroffen habe? Es war vor dieser Party. Ich bin bei meiner Aussage geblieben, aber wie schon gesagt, der Kommissar war mein Freund, ich habe es ihm erzählt, ich habe ihm gesagt, daß ich Fúlvia auf der Beerdigung ihres Mannes wiedergesehen hätte, ich hatte gehört, daß er gestorben war und bin zur Beerdigung gegangen, zur Messe am siebten Tag, und daß es danach, sechs Monate später, passiert sei, die Sache habe sich langsam entwickelt, wer hätte verhindern können, daß ein freier und ungebundener Mann und eine einsame Witwe sich ineinander verlieben? Verlieben, sagte Ingrid, hört sich ja geradezu an, als ob's Liebe gewesen wäre. Verstehst du jetzt, warum ich Fúlvia nicht anzeigen kann? fragte ich, begreifst du nicht, wenn sie alles erzählt, könnte es sein, daß Ronalds Ermittlungsverfahren wieder aufgenommen wird. Ist gut, sagte Ingrid, du brauchst nichts weiter zu erzählen, ich habe schon begriffen, wir hängen mit drin wegen dieser Irren. Genau, sagte ich. Mitgefangen, mitgehangen. Einen Mann umbringen wegen dieser Lucrezia, sagte Ingrid. Mich packt die Wut, wenn ich nur daran denke, daß du das für sie getan hast.

Zwei Tage später kehrten wir in Ingrids Wohnung zurück. Da begann dann für mich die Hölle. Als erstes die Anrufe. Am Tag, in der Nacht, im Morgengrauen, Fúlvia rief alle naselang an und beschimpfte mich, drohte mir, sagte, sie würde mich umbringen, Ingrid umbringen, der Polizei erzählen, daß wir Ronald getötet hatten, sie würde Selbstmord begehen, ich bekam alle Arten von Drohungen zu hören. Anfangs ging ich ans Telefon. Da das Erscheinen meines Buches unmittelbar bevorstand, drehten sich alle meine Gedanken nur darum, einen Skandal zu vermeiden. Aber es bestand nicht die geringste Chance zu einem Dialog mit Fúlvia. Sie sagte, was ihr paßte, und dann knallte sie den Hörer auf. Wir zogen in ein Hotel, um uns die Telefonanrufe vom Halse zu schaffen. Aber Fúlvia fand heraus, wo wir waren, und machte uns weiter das Leben schwer.
Eines Tages sah ich, als ich das Hotel verließ, eine Wandreklame mit meinem Foto, auf der mit Spray geschrieben stand: José Guber ist ein Arschloch. Ich bin mir sicher, das war Fúlvia. Ingrid bekam es mit den Nerven, sie konnte nicht mehr richtig schlafen. Es ist keine Angst, sagte sie, es ist Haß. Ich hätte nie gedacht, daß einen Menschen zu hassen bedeutet, den ganzen Tag an ihn zu denken. Sie empfand einen derart unbändigen Haß auf Fúlvia, daß sie sogar anfing zu zittern, wenn wir über sie sprachen. Fúlvia ging so weit, Ingrid in der Hotelrezeption zu attackieren, es war furchtbar. Einmal fand Ingrid eine Schlange auf der Rückbank vom Auto. Mit einem Wort, es war eine Zeit voller Spannungen, und ich hatte vollstes Verständnis dafür,

daß es Männer gibt, die den Kopf verlieren und ihre Exfrauen erwürgen.
Das einzig Gute war mein Magen, der wieder völlig in Ordnung kam. Und das Erscheinen des Buchs. Laércio machte ein Riesentamtam, überall in der Stadt prangte mein Gesicht. Nur der Abend mit der Signierstunde war nicht so erhebend. Wir erwarteten zweitausend Leute, Laércio hatte ein Heidengeld für Weißwein und Pastete ausgegeben, für solches Zeugs kann man tatsächlich einen Haufen Geld loswerden. Wie viele Leute mögen wohl hier sein? fragte ich. Weniger als hundert, sagte er besorgt, wenn es João Aroeira wäre, hätten wir die Bude proppenvoll bis unter die Decke, das wäre nicht so ein Reinfall wie dieser. Das Problem, sagte er, ist, daß niemand José Guber kennt, er sagte es so, als würde er über jemand anderen reden und nicht über mich.

39

Noch ein Zauberer
Universalis-Verlag startet millionenschwere Kampagne, um weiteren Esoterikautor zu lancieren
Von Renata Carneiro

Bereits Pedro Jequitibá und seine Anhäufung von Klischees über beruflichen Erfolg haben wir über uns ergehen lassen müssen. Auch die Neurolinguisten und die Esoterik-Experten für Engel, die zu einer wahren Plage in unserem Land geworden sind, haben wir ertragen. Als sei es damit nicht genug, investiert der Universalis-Verlag jetzt Millionen in eine Kampagne und setzt alles auf einen weiteren Esoterikautor. Von José Guber, der bereits als João Aroeira berühmt geworden ist durch seine drei Selbsthilfebücher *Reichen Sie sich selbst die Hand, Symbiotisches Wörterbuch der Gesundheit* und *Symbiotisches Wörterbuch des beruflichen Erfolgs,* die alle auf der Liste der meistverkauften Bücher des Jahres stehen, erscheint jetzt *Im Gespräch mit dem Schöpfer,* ein »praktischer Ratgeber für den Dialog mit Gott«. José Guber ist nicht der gleiche Frauenschwarm, der die Buchumschläge seiner früheren Erfolge ziert. »Sie müssen verstehen, João Aroeira und José Guber sind zwei verschiedene Personen. João Aroeira ist ein Autor, José Guber ein anderer. João Aroeira ist mein Pseudonym, José Guber bin ich selbst.« Auf die Frage, was ihn dazu veranlaßt habe, auf dem Umschlag seiner anderen Bücher das Foto seines Bruders zu verwenden, antwortet er ohne zu zögern: »Irgendwann ergab sich die Notwendigkeit, meinem Pseudonym ein Gesicht zu verleihen. Es war eine spirituelle Notwendigkeit. Ich habe ihm das Gesicht meines verstorbenen Bruders gegeben. Wir standen uns sehr nahe. Mein Bruder war ein so praktischer und optimistischer Mensch, der anderen Mut machen konnte. Er hatte den Geist von João Aroeira. Das war der Grund, weshalb wir sein Foto verwendet haben.« Doch José Guber spricht nicht gerne über João Aroeira. »Wenn Sie etwas über João Aroeira wissen wollen, rufen Sie bei Universalis an. Ich bin hier, um über José Guber zu reden.« Im weißen Anzug, mit goldenem Ring am Ringfinger und in Begleitung seiner Assistentin Ingrid Weiss wurden wir von José Guber in der Halle des Hotels Mar Dourado zum Interview empfangen. Es folgen Auszüge aus dem Interview.

JORNAL: Herr Guber, warum sind Sie von der Selbsthilfeliteratur zur esoterischen Literatur übergewechselt? Um mehr Geld zu verdienen?

JOSÉ GUBER: Keineswegs. Ich bin kein Opportunist. Im vergangenen Jahr hatte ich ein ernstes gesundheitliches Problem, ich lag im Krankenhaus und betete gerade, da hörte ich eine Stimme in meinem

Herzen, eine Stimme, die sehr deutlich sagte: »Schreib«, sagte sie, »du mußt schreiben.« Ich habe dann *Im Gespräch mit dem Schöpfer* geschrieben. So war es. Dieses Buch hat mich gerettet.
JORNAL: Und woher wußten Sie, daß die Stimme wollte, daß Sie *Im Gespräch mit dem Schöpfer* und nicht ein weiteres Buch von João Aroeira schreiben?
JOSÉ GUBER: Ich wußte, daß mir damit geheißen wurde, etwas anderes als bisher zu schreiben. Ich wußte es einfach. Ich habe eine sehr stark ausgeprägte mystische Seite. Seit meiner Kindheit unterhalte ich mich mit Gott. Und Er war es, der mich aus meiner Krankheit errettet hat. Ich habe eine sehr innige Beziehung zu Ihm, Er gibt mir Rat, Er weist mich auf Dinge hin, die geschehen werden. Mein Buch, das ich einer heiligen Einflüsterung verdanke, zeigt, daß jeder Mensch diese Beziehung, diesen offenen Dialog mit Gott pflegen kann. Es ist eine Frage der Übung.
JORNAL: Welches sind Ihre Zukunftspläne?
JOSÉ GUBER: Ich schreibe im Moment an drei Büchern, alle über Meditation. Meditation für Männer, Meditation für Frauen und Engelsmeditation, mit der unverdorbenen Kindern und Jugendlichen das Meditieren beigebracht werden soll. Die Meditationstechniken sind je nach unserem Geschlecht verschieden. *Im Gespräch mit dem Schöpfer* ist ein einführendes Buch, die anderen werden spezieller sein.
JORNAL: Hört Gott Ihre Bitten?
JOSÉ GUBER: Gott hört mich, und darüber hinaus

erhört er mich. Wie schon gesagt, wenn Sie eine Bitte stellen, und Gott erfüllt sie nicht, dann liegt das Problem nicht bei Gott. Es liegt bei Ihnen. Sie wissen nicht, wie man richtig bittet. Ich benutze immer das Beispiel eines amerikanischen Theologen, den ich sehr bewundere. Als er einmal gefragt wurde, wie Gebete in der Praxis funktionieren, sagte er: »Wenn Sie Klavier spielen lernen wollen, dann müssen Sie als erstes üben. Chopin kommt später.« Genauso heißt beten nicht, einfach nur die Augen zu schließen und zu sagen »ich möchte glücklich sein«. Sie müssen es üben. Üben und nochmals üben. Gott möchte mit Ihnen meditieren, Sie zum Nachdenken über das Glück bringen, über das, was Sie selbst in sich ändern müssen, um glücklich zu sein. Das bedeutet, im Gespräch mit Gott zu sein. Das heißt beten.

JORNAL: Sind Sie der Ansicht, daß es auf dem Markt der Esoterikliteratur viel Scharlatanerie gibt?

JOSÉ GUBER: Es gibt überall Scharlatanerie. Im Journalismus, in der Politik, bei der Herstellung von Eis, überall.

Das sind doch Wichser, sagte Laércio und legte die Zeitung im Restaurant auf den Tisch. Ich weiß nicht einmal, wen ich mehr hassen soll, sagte er, die Journalisten oder die Ärzte, ich glaube, die Journalisten, nein, ich bin mir sicher, die Ärzte tun es wenigstens nicht mit Absicht. Laércio führte die niedrigen Verkaufszahlen meines Buches Im *Gespräch mit dem Schöpfer* auf die negativen Kritiken in den Zeitungen zurück. Ich werde noch einen Whisky trinken, sagte er, dieses Gespräch zerrt an meinen Nerven. Noch einen Whisky bitte. Hast du gesehen? sagte er, als der Kellner sich entfernt hatte. Nicht mal der Kellner hat dich erkannt. Ich habe ein Vermögen für die Werbung ausgegeben, und der blöde Kellner weiß nicht mal, wer du bist. Ich werde pleite gehen, sagte er, wenn dein Buch ein Flop wird, dann sitze ich richtig in der Scheiße. Ich bin Teilhaber, sagte ich, ich sitze im selben Boot. Er lachte. Wer hat das Geld zur Verfügung gestellt? Wer hat den Vorschuß gezahlt? Wer hat dir zwanzig Prozent der Verlagsanteile überlassen? Du sitzt relativ in der Tinte, sagte er, aber ich sitze total in der Scheiße, und zwar komplett. Wäre ich bloß bei João Aroeira geblieben, so wie ich es wollte.

Diese Litanei bekam ich täglich zu hören. Jeden Tag kriegte Laércio mich zu fassen und laberte mich zwei Stunden lang voll, daß sich mein Buch überhaupt nicht verkaufte. Wir haben eine Auflage von vierhunderttausend Exemplaren gemacht, sagte er und schlug die Hände über dem Kopf zusammen. Hunderttausend Exemplare, korrigierte ich ihn, wir haben der Presse gegenüber gesagt, es seien vierhunderttausend, aber in Wahrheit waren es nur einhundert. Was macht das für einen Unterschied? fragte er, einhundert, vierhundert, eine große Scheiße ist es allemal. Wenn der Whisky seine Wirkung zeitigte, wurde es noch schlimmer, er wurde aggressiv, beschuldigte mich, ich mußte mich im

Zaum halten, um ihm nicht zu sagen, er könne mich mal.

Als ich in dieser Nacht ins Hotel kam, war Ingrid wach. Sie sagte, daß sie mir etwas zeigen wolle. Sie führte mich in die Garage. Das Auto, das ich ihr geschenkt hatte, war am Heck vollständig eingedellt, und zwar richtig eingedellt.

Ich habe in der Oscar Freire Besorgungen gemacht, sagte sie, und als ich zurückkam, sah es so aus wie jetzt, das war sie, ich bin mir sicher, das war diese alte Hexe.

Ich versprach ihr, daß ich es am nächsten Tag in Ordnung bringen lassen würde, ich sagte ihr, daß sie mein Auto benutzen könne, solange sie ihres nicht hätte.

Darum geht es nicht, sagte sie, du hast nicht kapiert, scheiß auf das Auto, was ich nicht mehr ertragen kann, ist diese Wahnsinnige in unserem Leben.

Ich brachte Ingrid ins Badezimmer, ließ Wasser in die Wanne laufen, tat alle Badesalze und Schaumzusätze hinein, die ich finden konnte, zog Ingrid aus und legte sie in die Badewanne und mich dazu, ich massierte ihr die Füße, massierte ihren Körper, erzählte ihr Witze, aber Ingrid fand an nichts davon Gefallen.

Um fünf Uhr morgens wurde ich wach und stellte fest, daß Ingrid nicht im Bett lag.

Ich fand sie im Nebenzimmer, in Slip und BH stand sie rauchend am Fenster. Ich lehnte mich neben sie.

Ich habe einen Typen engagiert, um Fúlvia umzubringen, sagte sie.

40

Es ist dort drüben, sagte Ingrid und zeigte auf ein Gebäude aus Betonelementen, das von einer hohen, mit Wahlkampfwerbung übersäten Mauer umgeben war. Ich warte hier auf dich, sagte ich und stellte den Motor ab. Ingrid stieg aus dem Wagen aus, betrat das Terreiro, die Kultstätte der Macumba-Anhänger. Ich machte das Radio an und wartete. Fúlvia umbringen, einen Pai-de-Santo, einen Macumba-Priester, anheuern, um Fúlvia zu töten, weißt du, was mit uns passieren wird? hatte ich Ingrid kurz zuvor gefragt, als sie mir von ihrem schwachsinnigen Plan erzählte, wir werden in Teufels Küche kommen, sagte ich, das wird dabei herauskommen, mehr nicht, dieser Pai-de-Santo, von dem du sagst, er sei zuverlässig, dieser ehemalige Gemüsehändler und Freund deiner Mutter, der sich angeboten hat, dir zu helfen, der Typ wird Mist bauen, er wird versuchen, eine Ladung geklauter Fernseher zu verscherbeln, oder er rammt irgendeinem Schwulen ein Messer in den Bauch oder weiß der Teufel was, sie werden ihn verhaften, er wird auf dem Kommissariat verprügelt werden, und wenn das geschieht, da kannst du Gift drauf nehmen, dann wird er dich liefern. Und weil du meine Freundin bist, hänge ich auch mit drin. Man braucht nur zwei und zwei zusammenzuzählen. Der nächste Schritt ist, daß sie Ronalds Ermittlungsverfahren wiederaufnehmen, und fertig, dann haben sie das fehlende Glied in der Kette. Ingrid rauchte in einer Tour und blies mir den Qualm ins Gesicht, sie bestand darauf, daß Dadá ein Pai-de-Santo sei, dem man vertrauen könne. Hör auf zu rauchen, wenn du mit mir redest, sagte ich. Müssen wir uns mit dieser Frau für den Rest unseres Lebens abfinden? fragte sie. Ich warf Ingrids Zigarette aus dem Fenster. Sie nennt mich eine Nutte, sagte Ingrid, haut mir welche runter, attackiert mich, fährt gegen mein nagelneues Auto, das Cabrio war noch nicht mal angemeldet, sie schießt dir in die Schulter, und wir müssen das alles hinnehmen? Bald ist es soweit, und ich bekomme eine Kugel ab und bin tot, ja? Weder heiraten wir, noch geben wir den Haufen Geld aus, der dir gehört, und müssen sterben? Ist es das? Nein, sagte ich. Doch, wir haben keine Wahl, entweder bringen wir diese Hexe um, oder wir müssen sterben, oder sie zeigt dich eben an, mit der Zukunft sieht es jedenfalls schwarz aus, ich lebe nicht gerne in Angst und Schrecken, ich gehe lieber frontal auf die Dinge zu. Nein, sagte ich. Du kennst Dadá nicht, sagte sie, wenn meine Mutter ein wenig Frieden hatte, bevor sie starb, dann seinetwegen. Na und? sagte ich, kann ja sein, daß er Talent hat, Macumba zu machen, Kranke im Endstadium zu trösten, aber dazu, jemanden um die Ecke zu bringen und nicht erwischt zu werden, gehört ein bißchen mehr. Ingrid versuchte noch, mich zu überzeugen, aber mich konnte nichts überzeugen, zieh dir was über, sagte ich, ich

will mit diesem Pai-de-Santo reden, und zwar auf der Stelle.
Die Kinder, die auf der Straße spielten, kamen zu meinem Wagen gelaufen. Sie bettelten um Geld. Ich gab ihnen die Münzen, die auf der Ablage lagen.
Ingrid kehrte mit einem Typen zurück, einem halben Mulatten, mit rotgefärbtem Haar, weißen Klamotten, Glasperlenketten um den Hals. Das ist Dadá, sagte sie. Ich öffnete die Tür. Warum unterhalten wir uns nicht gleich hier? fragte er. Steig ein, sagte ich.
Ich ließ den Motor an, wir starteten. Ich kam gleich zur Sache, während ich lenkte. Ich sagte, wir würden den Auftrag stornieren. Wir haben da ein Problem, sagte er. Wir haben überhaupt kein Problem, antwortete ich, der Auftrag ist storniert und Punkt. Stornieren können wir, sagte er, aber das Geld gebe ich nicht zurück, ich brauche das Geld, um Medikamente für meine Leute zu kaufen, sagte er, die Kohle ist schon futsch. Behalt das Geld, sagte ich, behalt die Medikamente, ich will nur, daß eins klar ist: der Auftrag ist storniert. Haben wir uns verstanden?

41

Mein lieber Sohn, ich wollte es Dir eigentlich persönlich sagen, aber da Du mit Gottes Wort beschäftigt bist (Manoel und ich sind begeistert von *Im Gespräch mit dem Schöpfer,* und alle hier im Recanto lesen Dein Buch), da Du also beschäftigt bist, habe ich es für besser gehalten, Dir zu schreiben. Manoel hat um meine Hand angehalten. Und ich habe eingewilligt. Wie ich schon sagte, haben Manoel und ich die gleichen Vorstellungen und den gleichen Geschmack, und beide lieben wir Jesus, Unseren Herrn Jesus Christus. Manoel hat mir gesagt, daß Jesus persönlich es war, der ihm befohlen hat, heirate Rosário. Jesus hat es auch mich geheißen, im Traum ist Jesus mir erschienen und hat mir gesagt, so nimm du meinen Gesandten. Du weißt, Manoel ist ein Bote Gottes. Jesus möchte unseren Bund, und da es so ist, möchte ich es auch, denn ich befolge den Willen des Herrn. Und außerdem ist dies auch mein Wille, Manoel ist wunderbar. (Habe ich Dir erzählt, daß Manoel gerne Jilá ißt?) Isa, Manoels Tochter, hat sich sehr gefreut. Sie ist Rechtsanwältin und wird einen Richter besorgen, wir wollen die Hochzeit hier, zusammen mit unseren Freunden abhalten. Wir werden heiraten und gemeinsam Gottes Wort predigen. Ich habe überlegt, ob Du nicht das Fest ausrichten könntest, jetzt, wo Du reich bist. Ich weiß nicht, ob es stimmt, aber alle behaupten, Du seist reich. Ich habe zu Manoel gesagt, falls Du reich bist, bezahlst Du das Fest. Die Verlobung wird am Samstag stattfinden. Ich hätte gerne Kuchen und salzige Leckereien für alle meine Freunde und die Schwestern. Richte Ingrid aus, daß uns die Paçoca wunderbar geschmeckt hat. Deine Mutter, die Dich liebt, Rosário, Dienerin Gottes, Braut von Manoel.

Sieh dir mal diesen Autor an, sagte Laércio und schaute dabei auf einen Zeitungsausschnitt, wieder so ein Liebling der Medien, sagte er, so ein Moderner, der Kerl spricht über sein Buch, das Ganze hat mit uns nichts zu tun, aber der Reporter, dieses Arschloch, fragt hier: was halten Sie von José Guber? Antwort: ich finde ihn miserabel. Wirf mal ein Auge drauf, sagte Laércio und reichte mir die Ausschnitte herüber.

Wir saßen bei ihm im Büro, im Universalis-Verlag, Laércio hatte mich zu einer Besprechung bestellt. Du bist der Feind Nummer eins der brasilianischen Intelligenzija, sagte er und legte Wert auf die Betonung des G, du bist zum Sinnbild für Schund auserkoren worden, möchtest du einen Whisky? Ich werde einen trinken. Es ist elf Uhr morgens, sagte ich. Ich habe schon beim Aufwachen Lust, Whisky zu trinken, sagte er, elf ist für mich das Äußerste. Aber genau das ist es, fuhr er fort, sie nennen dich einen Opportunisten, sie behaupten, du seist von der Selbsthilfe zur Esoterik übergewechselt, weil du mehr Geld verdienen wolltest, sie sagen, deine Texte seien das Widerwärtigste, was in unserer Sprache je geschrieben worden ist, du bist der Schuft der Saison. Es reicht, sagte ich, du hast mich schon genügend deprimiert. So schnell? sagte er, dann setz dich hin, denn jetzt kommt die Nachricht, die ich dir mitteilen wollte.

Laércio machte eine Pause, grinsend trank er seinen Whisky. Rate mal, sagte er. Spuck's schon aus, sagte ich. Wir haben angefangen zu verkaufen, sagte er. Wirklich? Laércio reichte mir ein Papier voller Zahlen. Schau mal hier, sagte er, sieh mal, wie die Zahlen seit Montag ansteigen. Gestern abend hat Geraldo vom Verkauf mich angerufen und mir erzählt, daß den ganzen Nachmittag über Buchhändler angerufen und Bestellungen aufgegeben hätten. Die Zahlen sind noch nicht bedeutend, aber sie zeigen eine Tendenz, das ist das wichtige, die Tendenz. Ich bin seit zwanzig Jahren in diesem Scheißgeschäft, ich weiß, wie die Dinge laufen. Wir werden den Durchbruch schaffen. Wir werden *Im Gespräch mit dem Schöpfer* wie warme Semmeln verkaufen. Weißt du, warum die Leser hinter deinem Buch her sind? Weil die Leser sich einen Scheißdreck um die Kritiker scheren. Das ist unsere Rache, sagte er. Unsere Leser interessieren sich nicht für die Kritik. Es ist nicht nur der Anstieg des Verkaufs, der mir das sagt. Ich habe noch konkretere Anhaltspunkte. Hast du schon die Briefe gelesen, die gekommen sind? Ich werde dir einen vorlesen. Hör zu, Lieber José Guber, soundso, soundso, das ist nicht der Teil, den ich suche, hier, ich hab's gefunden, ich lese es dir vor: »Nachdem ich angefangen habe, die Z-Mantras zu praktizieren, habe ich festgestellt, daß mir oben auf dem Kopf am Stirnansatz neue Haare gewachsen sind.« Hast du gehört, Guber? Dem Glatzkopf ist das Haar nachgewachsen. Das hast du hingekriegt. Die Schweizer, die Deutschen, die Amis geben Milliarden Dollar aus, um ein Mittel gegen Haarausfall zu entdecken, sie behaupten, Haarausfall sei genetisch bedingt, und dann kommst du und beweist, daß Haarausfall mit dem Kopf, dem Geist, dem Glauben zu tun hat. Du hast eine wissenschaftliche Entdeckung gemacht, Guber. Ich habe schon überlegt, die Presse anzurufen, was meinst du? Wir zeigen ihnen diesen Brief. Den müssen diese Wichser erst mal verdauen. Das müssen sie erst mal auf die Reihe kriegen. Ein Glatzkopf, dem neue Haare wachsen!

Das Telefon klingelte. Raimundo, der Verwalter der Fazenda, war dran und erkundigte sich nach Fúlvia. Keine Ahnung, sagte ich. Raimundo erzählte, daß er sich Sorgen mache, Dona Fúlvia habe die Fazenda vor zwei Tagen, mit einem Koffer voller gefriergetrocknetem Gift, verlassen, um sich mit ein paar Händlern aus Uruguay zu treffen, und sei nicht wieder zurückgekommen. Raimundo hatte schon in unserem Haus in São Paulo angerufen, aber die Hausangestellten wußten auch nichts und waren beunruhigt, weil sie angekündigt hatte, daß sie am Montag dort übernachten würde, und sie hatte sich nicht wieder gemeldet. Sie ist bestimmt verreist, sagte ich. Er war nicht dieser Meinung, sie hatte keinen Koffer mitgenommen. Ist es nicht besser, wenn

ich die Polizei benachrichtige? fragte er. Nein, sagte ich, wir warten noch ein Weilchen. Wenn irgendwas ist, rufen Sie mich an.
Ist was passiert? fragte Laércio, als ich den Hörer auflegte.
Fúliva, sagte ich, scheint so, daß sie verreist ist und niemandem Bescheid gesagt hat.

42

Wollen Sie die Torte nicht anschneiden? fragte Efigênia, eine der ältesten Patientinnen des Recanto da Paz. Ich möchte gerne, daß alle auf dem Foto mit drauf sind, sagte Ingrid, rücken Sie ein bißchen zusammen dort drüben, Dona Rosário und Seu Manoel müssen in die Mitte, Isa, Sie stellen sich neben Ihren Vater, genau, Sie auch, die Krankenschwestern nach hinten, Efigênia noch ein bißchen weiter hierher, das war zuviel, ein wenig mehr dort rüber, Guber, leg den Arm um deine Mutter, genau, Achtung, bitte lächeln und … fertig.

Das Foto war im Kasten, alle blieben noch zusammen. Ärzte, Schwestern, Patienten, alle standen sie da, im Park der Klinik, um die dreistöckige Torte versammelt, die ich extra für das Fest hatte anfertigen lassen. Nun schneiden Sie sie schon an, sagte Efigênia, schneiden Sie, Rosário. Mit dem Messer in der Hand sagte meine Mutter, daß es ihr leid tue, eine so schöne Torte wie diese, so weiß, so voller zarter kleiner Blüten, mit dem in Schokolade darauf geschriebenen Spruch: Das Brautpaar liebt Jesus, zu zerstören. Den Spruch darfst du nicht zerschneiden, sagte Manoel, da bin ich dagegen. An-schneiden, an-schneiden, an-schneiden, riefen die Patienten immer wieder und klatschten in die Hände. Das ist eine Luxustorte, sagte Manoel, nicht mal bei

meiner ersten Hochzeit mit der Verstorbenen, Gott hab sie selig, habe ich so eine Torte gehabt.
Meine Mutter bat mich darum, eine Rede zu halten. Ich? Natürlich, antwortete sie, du bist der Sohn der Braut, du mußt ein paar Worte sagen. Zum Beispiel über Gott, schlug Manoel vor.
Ich gab diese Dinge von mir, die die Leute immer zu solchen Gelegenheiten sagen, wir befinden uns heute hier, an diesem freudigen Tag, Liebe, Frieden, Gesundheit etcetera pp, und der Erfolg war außerordentlich, einigen Patienten kamen die Tränen.
Machst du dir wegen irgendwas Sorgen? fragte Ingrid, als ich mich mit einem Teller, den meine Mutter mir in die Hand gedrückt hatte, vom Tisch entfernte. Nein, antwortete ich, möchtest du dieses Stück Torte hier? Nein, machst du dir Sorgen wegen Fúlvia? Ich mache mir keine Sorgen, sagte ich, sie ist wahrscheinlich verreist.
Wir blieben in der Nähe des Swimmingpools und schauten zu, wie meine Mutter sich um ihre Gäste kümmerte. Isa, Manoels Tochter, gesellte sich zu uns. Seit das Fest begonnen hatte, suchte sie Kontakt, aber Ingrid fand immer einen Weg, das zu vermeiden. Sie war eine wohlproportionierte, elegante Frau, sie gefiel mir. Sie sagte, daß sie mein Buch gelesen hätte und begeistert gewesen wäre. Sie hatte auch João Aroeira gelesen. Wie schreibt man ein Buch? Setzen Sie sich hin und schreiben, oder haben Sie zuerst eine Idee und machen sich Notizen? Das hat mich schon immer interessiert, sagte sie. Tja, sagte ich, das kommt auf das Buch an. Deine

Mutter ruft nach uns, sagte Ingrid und zog mich am Arm. Bilde ich mir das ein, oder ist diese Tante dabei, dich anzubaggern? Das bildest du dir ein. Ich mag diese Frau nicht, sie geht mir auf die Nerven, weißt du, was das Problem von diesen Frauen um die Vierzig ist? Daß sie nicht mehr dreißig sind. Mit ihrem Gesicht voller Schminke machen sie sich an die Freunde anderer Frauen heran. Halt dich auf Abstand zu ihr. Werde ich machen, sagte ich. Liebst du mich? Sehr, sagte ich. Vögelst du gerne mit mir? Es gibt nichts Schöneres auf der Welt, antwortete ich. Weißt du, was wir machen, wenn wir ins Hotel kommen? Ja, sagte ich, ich weiß ganz genau, was wir dann tun werden.

Die Musiker, Gitarre, Cavaquinho, Flöte, Pandeiro, Trommel, die ich angeheuert hatte, um für Stimmung auf dem Fest zu sorgen, kamen zu spät. Als sie anfingen zu spielen, hatte keiner die geringste Lust zu tanzen. Die Patienten umringten die Gruppe und schauten sie an, als ob die jungen Männer in gelbweißer Kluft von einem anderen Stern wären. Das sind ja Neger, sagte meine Mutter mir ins Ohr. Das sind Künstler, sagte eine andere alte Dame, die neben ihr stand.

Ingrid faßte Seu Manoel bei der Hand, schnapp du dir deine Mutter, sagte sie, wir fingen an zu tanzen, und auf einmal drehten sich alle Patienten und die Schwestern und sogar der diensthabende Arzt im Tanz um den Swimmingpool.

Ich hab gerade überlegt, sagte ich später zu dem Doktor vom Dienst, ob es nicht besser wäre, ihnen ein kleines Beruhigungsmittel in die Coca-Cola zu schütten, sie

sind sehr aufgekratzt. Lassen Sie nur, sagte er, tanzen hat noch niemandem geschadet. Aber sehen Sie bloß Dona Efigênia, sagte ich, sie hört gar nicht mehr auf, um den Pool zu rennen.
Das Fest dauerte noch zwei Stunden weiter.
Das war der schönste Abend meines Lebens, sagte meine Mutter beim Abschied.
Als wir ins Hotel kamen, machte mich der Portier darauf aufmerksam, daß jemand in der Halle auf mich wartete, der Herr dort drüben mit dem Bart. Ich gehe nach oben, sagte Ingrid. Als der Mann mich sah, stand er auf und kam mir entgegen. Mein Name ist Max, sagte er, ich bin Ermittlungsbeamter der Polizei, ich würde gerne ein paar Worte mit Ihnen reden.

43

Max und ich gingen in die Hotelbar. Der Pianist spielte Bossa Nova, als wir hereinkamen. Ich habe schon immer Mitleid mit diesen Restaurant- und Hotelmusikern gehabt, für Erdnußesser zu spielen. Wir setzten uns an einen Tisch an der Fensterseite zur Straße hin.

Es kommt mir so vor, als ob ich Sie kenne, sagte er. Das ist möglich, antwortete ich, gleich da drüben befindet sich eine Wandreklame mit meinem Bild. Ich wies auf ein riesiges Plakat, das auf der gegenüberliegenden Straßenseite angebracht war, aber gleich darauf bereute ich es, der darauf gesprayte Satz José Guber ist ein Arschloch war deutlich zu erkennen. Natürlich, sagte er, Sie sind der Schriftsteller, ich habe Namen und Person nicht miteinander in Verbindung gebracht. Sie können mich duzen, antwortete ich.

Ich bot ihm einen Drink an, er lehnte ab, er trinke während der Arbeit nicht. Ein ernsthafter Typ. Er zog ein Heft aus der Tasche, sagte, er ermittele wegen des Verschwindens meiner Ehefrau Fúlvia.

Ich erklärte, daß ich mir ebenfalls Sorgen machte, daß ich aber glaubte, Fúlvia sei verreist.

Der junge Mann, der auf Ihrer Fazenda arbeitet, denkt anders darüber. Er ist derjenige, der die Anzeige erstattet hat. Sie sind benachrichtigt worden, hat er uns gesagt.

Ich fand nicht, daß es ein Fall für die Polizei ist. Raimundo, der Verwalter, hat vorschnell gehandelt. Wir leben getrennt, ich denke, sie hat beschlossen zu verreisen, um auf andere Gedanken zu kommen.
Max stellte einen Haufen Fragen, wann ich Fúlvia zuletzt gesehen hätte, ob ich über irgendeine Reise oder Verpflichtung meiner Ehefrau Bescheid wüßte, ob sie des öfteren verreiste, ohne die Familie zu benachrichtigen, ob ich in den vergangenen Tagen versucht hätte, sie ausfindig zu machen, wen ich angerufen hätte.
Wo sind Sie am Samstag gewesen, Herr Guber? fragte er. In Rio Preto, sagte ich. Ich habe mein Buch dort vorgestellt. Abgestiegen bin ich im Hotel Horizonte, in der Quinze de Novembro.
Die Angestellten des Hotels, in dem ich mit Ingrid wohnte, hatten sich schon die Mühe gemacht und dem Polizeibeamten von dem Skandal in der Halle erzählt, als Ingrid und Fúlvia sich gestritten hatten. Es ist nicht zu Tätlichkeiten gekommen, sagte ich, sie haben sich nur gestritten.
War die Frau, die attackiert worden ist, dieselbe, die mit Ihnen zusammen war, Dona Ingrid?
Genau. Sie ist meine Assistentin bei Universalis.
Sie leben zusammen?
Sie ist meine Freundin, sagte ich.
Max registrierte meine Gereiztheit. Er wollte die Namen von Fúlvias Familienangehörigen und Freunden haben. Ihre Familie, sagte ich, das bin nur ich selbst. Fúlvia hat keinen Vater, keine Mutter, keine Geschwister. Es gab da eine Tante, die im vergangenen Jahr, vor

unserer Hochzeit, gestorben ist. Und dann noch die Tochter dieser Tante, die ich nicht kenne. Scheint so, daß sie in Goiás wohnt, aber ich habe nicht mal ihre Telefonnummer. Fúlvias Freunde können Sie in der Abteilung für Schlangenzucht des Instituts finden. Ihre Freundinnen arbeiten dort. Fúlvia ist ein zurückhaltender Mensch. Sie hat weder viele Freunde noch gesellschaftliche Kontakte.
Und die Fazenda? fragte er.
Ich erklärte ihm, daß Fúlvia sich darum kümmere, ich führe praktisch nie dorthin, bei der Trennung, sagte ich, hätten wir entschieden, daß mir das Haus in São Paulo bleiben solle, Fúlvia habe es vorgezogen, die Fazenda zu behalten.
Sie züchtet Tiere?
Die Art und Weise, wie Max mich anschaute, machte den Eindruck, als ob er irgendwas wüßte, vielleicht war Raimundo irgendwas Dummes rausgerutscht. Kühe, Rinder, Ziegen, sagte ich, solches Viehzeug. Es wird auch Mais angebaut, Kartoffeln, Kaffee. Schlangen? fragte er. Ich antwortete, daß Fúlvia sehr viel für Schlangen übrig hätte, daß sie in der Schlangenzucht gearbeitet hätte und daß sie einige importierte Exemplare besitze, aber lediglich als Liebhaberobjekte. Eindringlich schaute er mich an, wie um mich zu erforschen. Er legte eine lange Pause ein, ich war an diese Art von Darbietung schon gewöhnt, zu Ronalds Zeiten war es das gleiche gewesen, sie blufften, taten so, als hätten sie was in der Hand, schnitten Grimassen.
Der Ex-Mann von ihr ist bei einem Überfall ums Leben

gekommen, nicht wahr? Ich kann mich an den Fall erinnern, sagte Max und erhob sich. Er schrieb seine Telefonnummer auf eine Papierserviette, die auf dem Tisch lag. Falls Sie irgendwas Neues haben, setzen Sie sich bitte mit mir in Verbindung.

Ich durchquerte die Halle und versuchte, Ruhe zu bewahren. Mit dem Fahrstuhl fuhr ich nach oben, kaum daß ich im Flur stand, öffnete Ingrid die Tür. Was ist los? fragte sie. Hol deine Tasche, sagte ich.

44

Auf der einen Seite des Verschlags hatten sich die Frauen niedergelassen, auf der anderen die Männer. Gegenüber, auf dem Boden aus Sand und trockenen Blättern, befanden sich diejenigen, die als Medium dienten, unter ihnen Dadá, der Zigarre rauchte und Bier trank. Heute findet ein Kreistanz der Caboclos statt, sagte Ingrid, Dadá erhält die Blaue Feder, siehst du, wie sie tanzen? Wird es lange dauern? fragte ich. Die Frau dort drüben, die dicke Schwarze, ist die Herrin des Terreiro, sagte Ingrid. Wird es lange dauern? fragte ich. Es ist fast vorbei, sagte Ingrid, immer mit der Ruhe.
Wir warteten noch eine halbe Stunde lang draußen und atmeten den Duft von Rosmarin und Minze ein, der den Räucherlampen entströmte.
Als Dadá aus dem Tempel kam, waren seine Augen vom Alkohol gerötet, es paßte ihm gar nicht, uns zu sehen. Warte du hier, sagte Ingrid, zuerst rede ich mit ihm, wenn ich dir ein Zeichen gebe, kommst du. Nein, nein, nein, sagte ich, ich will selbst mit diesem Macumba-Priester sprechen.
Mal sehen, ob ich richtig verstanden habe, sagte Dadá, nachdem ich ihn über die Lage ins Bild gesetzt hatte, Ingrid, sagte er, kommt heulend hier an, bittet um Hilfe, ich gebe ihr meinen Beistand, ich gebe ihr noch mehr als

meinen Beistand, weil ich sie von Kindesbeinen an kenne und weil ich ihre Mutter gekannt habe, ich gebe ihr meinen Beistand, dann kommt dieser Typ an, weiß der Henker, was für ein Typ das überhaupt ist, dieser Weiße, der nicht mal das Terreiro besucht, kommt hier her, dieser Kerl, macht eine Szene und storniert die ganze Sache. So weit, so gut. Aber jetzt seid ihr schon wieder da, beide zusammen, und wollt wissen, ob ich den Auftrag doch erledigt habe, den ihr storniert habt? Ist doch so, oder? Ich habe nicht gefragt, ob du den Auftrag erledigt hast, sagte ich, ich habe nur gesagt, daß die Frau verschwunden ist, ich sage dir, daß die Polizei sich in die Geschichte reinhängen wird, beim letzten Mal war ich doch ganz deutlich, sagte ich, ich will nicht, daß Sie irgendwas unternehmen, und jetzt ist die Frau verschwunden, einfach so mir nichts, dir nichts verschwunden. Damit habe ich nichts zu tun, unterbrach mich Dadá, ihr habt storniert, und damit ist die Sache gegessen, oder könnt ihr mir vielleicht sagen, ich werde das Kind mal beim Namen nennen, warum ich eine Frau umbringen soll, die ich gar nicht kenne, wenn ich es auch lassen kann? Hä? Jemanden aufs Geratewohl umbringen? Das ist nicht mein Ding, Ingrid war hier und hat geweint, ich wollte ihr nur helfen, und das bereue ich schon, ihr zwei geht mir auf den Sack, es fehlt nicht viel, und ich werde richtig sauer. Dadá kehrte uns den Rücken zu und ging weg. Ich lief hinter ihm her. Packte ihn am Arm. Hey, Alter, sagte er, ich mag nicht, wenn man mich anfaßt, nimm deine Pfoten weg. Ich hoffe, sagte ich, daß du die Wahrheit sagst. Mit einer ab-

rupten Armbewegung machte er sich los. Laß uns ge-
hen, sagte Ingrid, gehen wir.
Auf dem Rückweg fuhren wir schweigend über die
Ringstraße, Ingrid stellte das Radio mehrere Male an
und aus. Er war es nicht, sagte sie, ich bin mir sicher, du
kannst ganz beruhigt sein, Fúlvia selbst hat dieses
Durcheinander angezettelt, sie muß sich gar nicht dar-
über beklagen, sie hat es sich ausgesucht, illegal mit
Schlangen handeln, Schlangen verkaufen, Schlangen
züchten, Gift verkaufen, hast du nicht gesagt, daß sie
Gift an irgendwelche spanischsprachigen Südamerika-
ner verscherbelt? Sie verkauft an internationale Käufer,
sagte ich, aber das ist illegal, sagte sie, ja, sagte ich, das
ist illegal, wenn sie irgendwelche Sauereien mit diesem
Gift anstellen, sagte sie, Medikamente werden daraus
gemacht, sagte ich, die pharmazeutische Industrie ist
Abnehmer für das Gift, um Schmerzmittel und Medika-
mente gegen Krebs daraus herzustellen, sagte ich, es ist
dennoch illegal, sagte sie, und wenn es illegal ist, dann
kommt so was dabei raus, fuhr Ingrid fort, eines Tages
mußte Fúlvia sich in die Nesseln setzen, entweder weil
man sie verhaftet hat oder weil sie kaltgemacht worden
ist, illegale Händler haben meist keine rosigen Zu-
kunftsaussichten. Sie ist nicht tot, sagte ich, du redest,
als ob Fúlvia tot wäre, sie ist verschwunden, sie ist
nicht tot. Im allgemeinen, sagte Ingrid, verschwinden
die Leute, weil sie tot sind. Ein durchgedrehter Verge-
waltiger ist irgendwo in einer Garage über sie hergefal-
len. Ein Überfall an der Tür vom Geldautomaten. Ein il-
legaler Händler, den sie nicht bezahlt hat, du wirst

schon sehen. Ingrid, es reicht, sagte ich in gereiztem Ton. Ich will nicht heucheln, sagte sie, ich kann nicht behaupten, daß ich ihr die Daumen halte, daß sie noch am Leben ist. Ich mag nicht, wenn du so redest, sagte ich. Wie soll ich denn reden?
Es war sehr heiß in dieser Nacht, ich konnte nicht schlafen. Mit nacktem Oberkörper ging ich rauchend vor dem Fenster auf und ab. Ingrid versuchte mich dazu zu bewegen, wieder ins Bett zu kommen, ich antwortete, ich sei nicht müde. Verzeih mir, sagte sie, ich habe im Auto einen Haufen Blödsinn geredet, ich schäme mich. Schon verziehen, antwortete ich. Ich will nicht, daß sie stirbt, ich war bloß wütend. In Ordnung, sagte ich, ich glaub's dir. Wie könnte ich mir wünschen, daß sie stirbt, bloß weil sie versucht hat, dich zu vergiften, weil sie mich angegriffen hat, gegen mein Auto gefahren ist. Komm schlafen, sagte sie, ich kann ohne dich nicht schlafen. Ich legte mich neben Ingrid und verbrachte die Nacht damit, an die Decke zu starren.

Am darauffolgenden Tag veröffentlichten einige Zeitungen die Nachricht von Fúlvias Verschwinden. Eine Zeitung brachte es in der Schlagzeile, Frau von Esoterikautor auf mysteriöse Weise verschwunden, lautete der Titel. Sieh mal das Foto von dir, sagte Ingrid, es ist aus unserem Archiv von Universalis, Laércio muß es an die Presse gegeben haben.
Laércio rief mich gleich morgens an. Brauchst du irgendwas? Nein, antwortete ich. Du hast keine Ahnung, was hier los ist, sagte er, haufenweise Leute, die anru-

fen, viele Journalisten, ich habe sogar schon ein paar Erklärungen in deinem Namen abgegeben.
Die Woche hatte es in sich. Eines Tages schlug ich im Verlag die Zeitung auf und blickte auf mein Foto, daneben folgendes Statement: »... An dem Abend, als ich wie immer meine mantrischen Übungen machte, fing ich nach einiger Zeit, mitten in der Meditation, an, ein Kribbeln zu verspüren, einen Kälteschauer, ein synästhetisches Intermezzo, in meinem Kopf tauchte das Bild von jemandem auf, der um Hilfe rief. Kurz darauf erschien ein Polizeibeamter, der mich vom Verschwinden meiner Ex-Frau benachrichtigte.« Ich rief Laércio, zeigte ihm die Zeitung. Ich habe mit dieser Zeitung überhaupt nicht gesprochen, sagte ich, was ist das hier? Was für ein verdammtes Statement ist das hier? Laércio wurde verlegen. Tja, sagte er, du warst sehr beschäftigt, ich habe ein paar Erklärungen in deinem Namen abgegeben, mehr nicht. Ich habe gedacht, daß du das nicht so schlimm finden würdest. Finde ich aber, sagte ich. Du weißt ja, wie das ist, meinte er, die Leser sind neugierig, du hast keine Ahnung, wie gut wir verkaufen, die Entführung von Fúlvia, verzeih mir, wenn ich das sage, ist dabei behilflich, das ist traurig, aber wahr, kann sogar sein, daß es nur Zufall ist, aber der Verkauf ist explosionsartig angestiegen. Ich hab schon gedacht, sagte er, wenn die Kidnapper ein Lösegeld forderten, dann würden wir richtig verkaufen. War nur so eine Bemerkung, reg dich nicht auf, du mußt mich jetzt nicht mit Schweigen strafen, sie werden sie schon finden, du kannst ganz gelassen bleiben, sie werden deine Frau finden.

Mein Haus wurde von der Polizei durchsucht und das Haus auf der Fazenda ebenfalls. Max beschlagnahmte eine große Anzahl von Schlangen. Ich habe alles getan, um sie zu verstecken, erzählte mir Raimundo, doch sie haben so lange rumgeschnüffelt, bis sie sie schließlich gefunden haben, aber Sie können beruhigt sein, Herr Doktor, ich habe nichts erzählt. Ihre Frau ist nicht nur eine reine Sammlerin, sagte Max mehrfach, auf Ihrer Fazenda haben sich viele Exemplare aus der brasilianischen Fauna befunden, sie hat mit Schlangen gehandelt, was verboten ist, Sie wissen das, Herr Guber, diese Tiere zu vermarkten ist ein Verbrechen, für das man ins Gefängnis kommt. Falls Sie etwas wissen, Herr Guber, und wahrscheinlich tun Sie das, dann ist es besser, wenn Sie es erzählen. Ich hatte meine Lektion schon während der Zeit von Ronalds Ermittlungsverfahren gelernt. Der Trick ist, daß man leugnen muß, bis man schwarz wird.

Am Sonntag abend wurde vom Empfang aus bei mir angerufen. Es war Max. Wir haben beim Billings-Staudamm die Leiche einer Frau gefunden. Es gibt stichhaltige Indizien dafür, daß es sich um Ihre Ehefrau handelt.

Wir verabredeten, uns eine Viertelstunde später im Gerichtsmedizinischen Institut zu treffen.

45

Wir durchmaßen einen breiten Flur, Max ging rechts von mir, ein junger Mulatte, ein Angestellter des Instituts, lief vor uns her und zeigte uns den Weg. Wir betraten einen Saal voller Tragbahren, allein vom Geruch, einer Mischung aus Alkohol und totem Fleisch, wurde mir übel. Ein paar Kinder, die in der Nähe des Staudammes Fußball spielten, sagte Max, haben die Leiche im Gebüsch liegen sehen. Der Wagen wurde völlig intakt auf der anderen Seite des Staudamms gefunden. Sie hat zwei Schüsse abbekommen, sagte Max, einen in die linke Schläfe, den anderen in die Brust.

Der Junge vom Institut ging zur Kühlwand, zog eine Schublade auf und entblößte die Leiche. Ich erkannte sofort Fúlvias Kleid, ein blaues Kleid mit weißer Einfassung, ich hatte es ihr auf einer unserer Reisen geschenkt. Sie trug weder ihre Brillantohrringe noch ihre goldene Uhr. War es ein Überfall? fragte ich. Max sah mich ernst an, Sie wissen, daß es kein Überfall war, sagte er.

Wir verließen die Totenhalle, Max teilte mir mit, Kommissar Moreira wolle sich mit mir unterhalten. Wir fuhren mit meinem Wagen zum Kommissariat, und unterwegs verspürte ich ein riesiges Loch angstvoller Beklemmung, das sich in meiner Brust auftat. Fúlvias

blaues Kleid, so oft hatte ich sie in diesem Kleid gesehen, und dieses war nun das letzte Mal gewesen, genau daran mußte ich denken, das letzte Mal, der letzte Tag, Fúlvia war gestorben, ohne es zu wissen, der letzte Tag, wir alle sterben so, der verdammte letzte Tag, man wacht auf, dachte ich, der Tag ist licht, der Himmel blau, wunderbar, oder es ist ein grauer, verregneter Tag, egal, er ist ebenso wunderbar, man könnte mit der Frau, die man liebt, schlafen, ein Kind zeugen, ein Buch schreiben, einen Baum pflanzen, sich in die Sonne legen, in den Regen, aber man tut nichts, weder liebt man noch schreibt oder pflanzt man etwas, man vergeudet den Tag einfach, man wirft den Tag auf den Müll, geht zur Bank, bringt den Wasserhahn in Ordnung, redet mit dem Mann, der den Strom abliest, man ärgert sich über das Telefon, das nicht richtig funktioniert, wirft den Tag auf den Müll, und um fünf Uhr nachmittags, peng, stirbt man. Keiner hat einem Bescheid gesagt, daß dies der letzte Tag sein würde.
Auf dem Kommissariat zeigten sie mir eine Reihe von Fotos, fragten mich, ob ich irgendeines der Gesichter wiedererkennen würde. Niemanden, sagte ich. Auch nicht diesen Mann? Ich weiß nicht, wer das ist, antwortete ich. Goycochea, Spitzname Jack, sagte der Kommissar, wir sind seit einem Jahr hinter ihm her, er ist einer der größten illegalen Schlangengifthändler Südamerikas. Er liefert Gift nach Deutschland, Israel, Japan und in die Vereinigten Staaten. Sind Sie sich sicher, daß Sie diesen Mann noch nie gesehen haben? Ja, sagte ich, ich bin mir sicher. Ihr Angestellter, Raimundo, hat ihn

schon zweimal auf der Fazenda gesehen, wir haben seine Aussage hier vorliegen. Ich fahre nie auf die Fazenda, sagte ich.
Der Kommissar erzählte mir, daß Goycochea und Fúlvia am Tag ihres Verschwindens eine Verabredung gehabt hätten. Ein auf der Fazenda beschlagnahmter Kalender enthielt sehr eindeutige Notizen, am zwanzigsten, um sechzehn Uhr, Praça Panamericana, Goycochea, sehen Sie? sagte er. Ein Parkplatzwächter hatte versichert, eine Frau, auf die die Beschreibung von Fúlvia paßte, im Gespräch mit zwei Männern gesehen zu haben. Wußten Sie von den Aktivitäten Ihrer Frau? Nein, sagte ich. Ihre Informationen können uns zu dem Mörder Ihrer Frau führen, sagte er. Ich weiß von nichts, sagte ich. Leugnen, bis man schwarz wird.
Beim Hinausgehen sah ich, wie Laércio sich mit den Journalisten unterhielt, die dort herumlungerten. Guber, sagte er, ich hörte gar nicht hin, Guber, schrie er, ich stieg ins Auto und raste davon.

46

Ich bin noch nie ein großer Fan von Schiffen gewesen, aber nach Fúlvias Beerdigung und all den deprimierenden Ereignissen fand ich, daß es eine gute Idee sei, ein paar Tage auf einer schwimmenden Insel zu verbringen, weit weg von allem, unerreichbar, wo man von nichts und niemandem etwas mitbekam. Ingrid war von dem Gedanken ebenfalls angetan.

In den ersten Tagen verlief alles ruhig. Ingrid war ziemlich wortkarg, hatte zu nichts Lust, aber wir hatten trotzdem unseren Spaß, gingen schwimmen, sonnten uns, ich schaute mir die Frauen an, die auf so einem Schiff reisen, mit den entsprechenden Gesichtern, den entsprechenden Klamotten, den entsprechenden Ehemännern, es war unterhaltsam, ich dachte schon gar nicht mehr an Fúlvias Tod. In Wahrheit verspürte ich Erleichterung und eine gewisse Dankbarkeit gegenüber Goycochea, dem illegalen Händler aus Uruguay, wie gut, dachte ich, wenn man niemanden umgebracht hat, wie schön, frei zu sein, Erfolg zu haben, schwimmen zu gehen, Bücher zu schreiben, Bücher zu verkaufen, mit Ingrid zu schlafen, eine Schiffsreise zu unternehmen, frei von Schuld, nur Sonne, Swimmingpool, Sauna und harmlose Gespräche mit den Geldsäcken, die mich umgaben.

Alles verlief passabel, bis zu dem Tag, als der Kapitän uns während eines prächtigen Abenddiners erzählte, daß ein Hai dem Schiff folgte. Die Frauen an unserem Tisch wurden nervös, den Männern gefiel es, ein Hai, sagten sie, einige gingen an Deck, warum töten wir den Hai nicht? schlug ein Kinderarzt vor. Als wir in unsere Kabine zurückkehrten, war Ingrid unruhig, lief umher, setzte sich, stand auf, ich weiß nicht, inwieweit man an einen Zufall glauben darf, sagte sie, aber kannst du dich noch an Fúlvias Lieblingsgeschichte erinnern? Ich konnte mich nicht dran erinnern. Du hast mir davon erzählt, sagte sie, von diesem Buch, das auf dem Meer endet. Ich konnte mich immer noch nicht dran erinnern. Fúlvias Lieblingsgeschichte endet damit, daß die beiden Mörder sich in einem Boot auf dem Meer befinden und die Flosse eines Haifischs sie umkreist. Und? Wo ist das Problem, Ingrid? fragte ich. Schon gut, sagte sie, mir kam nur dieser Hai merkwürdig vor.
In dieser Nacht fand Ingrid keinen Schlaf. Als ich im Morgengrauen wach wurde, stand sie regungslos an Deck, sieh nur, diese weiße Erhebung dort im Wasser, sagte sie, das ist er. Und in den darauffolgenden Tagen gab es dann zum Frühstück, am Swimmingpool, im Spielcasino nur noch dieses eine Thema, sie konnte einfach nicht aufhören, den Mitgliedern der Schiffsbesatzung, von denen viele gar nicht wußten, worum es ging, Fragen über den Hai zu stellen, sie bestand darauf, doch, da ist einer, sagte sie, es gibt einen Hai, der hinter unserem Schiff herschwimmt. Hör auf, über diesen Hai zu reden, sagte ich, das ist doch eine Geschichte ohne

Hand und Fuß, du überspannst den Bogen, weißt du denn nicht, daß die Leute Haie nicht ausstehen können? Sie versprach mir, damit aufzuhören.
Und tatsächlich hörte sie auf, doch zum Ausgleich wurde sie immer trübsinniger, die ganze Zeit über schwieg sie, bei den Abendessen, den endlosen Abendessen mit anschließendem Tanz bekam sie den Mund nicht auf, sie aß nicht, tanzte auch nicht, die ganze Zeit schwieg sie, ich führte unerschütterlich Konversation, nahm die Ausländer in Kauf, fragte, was ist los, Ingrid? Und sie sagte mit tränenfeuchten Augen, sie wisse es nicht, hör auf zu fragen, sagte sie, sonst fange ich auf der Stelle an zu heulen, hier vor diesen Amerikanerinnen im Abendkleid.
Ich habe nie verstanden, warum sich das Verhalten der Menschen ändert, sobald sie ihr Ziel erreicht haben. Ein ganzes Jahr lang hatte ich Ingrid sagen hören, daß sie mich heiraten wolle, daß sie meine Herrin werden wolle, sie wollte sich meinen Namen in die Schamleiste tätowieren, mir ein Halsband anlegen, und nun war ich da, bereit, ich lag ausgestreckt auf dem Bett, zu ihrer Verfügung, empfänglich, es fehlte wirklich nur das Halsband, und was tat sie? Sie heulte.
Ich versuchte es, strengte mich an, erzählte Witze, tanzte, ich kaufte ihr sogar Schmuck beim Schiffsjuwelier, aber nichts konnte Ingrids Gemüt aufhellen.
An unserem letzten Abend bestellte ich ein besonderes Abendessen bei Kerzenschein in unserer Kabine. Ich nahm ein ausgiebiges Bad, um mich zu entspannen, ich wollte gut aufgelegt sein, den Abend mit Ingrid ange-

messen verbringen. Als ich aus dem Bad kam, saß sie auf unserem Bett, sie war schön, trug ihr langes, schwarzes, ärmelloses Kleid. Du siehst umwerfend aus, sagte ich. Das ist für dich angekommen, sagte sie und zeigte mir ein Blatt Papier. Es war ein Fax von Laércio mit der neuesten Erhebung über die meistverkauften Bücher in Brasilien. *Im Gespräch mit dem Schöpfer,* Platz eins. Neunhunderttausend verkaufte Exemplare. Verträge für die Übersetzung in achtzehn Ländern. Dieses Fax, sagte sie, macht mir ein ungutes Gefühl. Was für ein Gefühl? fragte ich. Ich weiß nicht, sagte sie, vielleicht Angst. Neunhunderttausend verkaufte Exemplare, sagte ich, Angst wovor? Vor Veränderung, sagte sie. Ich fragte, ob sie mir irgendwas sagen wolle, nein, sagte sie. Bist du sicher? Absolut, sagte sie.

Wir hielten uns eine Weile umschlungen, aber sie war gar nicht anwesend, sie war nur ein zitterndes Stück Fleisch.

47

Laércio,
ich bin wieder zurück. Du solltest öfter mal mit dem Schiff verreisen, noch nie habe ich so viele Frauen im Hawaii-Look gesehen, die noch zu haben sind. Ich bin hier im Verlag vorbeigekommen, um dir diese Flasche zwölf Jahre alten Whisky dazulassen (versuch bitte, ihn nicht vor Mittag zu trinken, please). Das Projekt Meditation für Männer, Meditation für Frauen und Engelsmeditation habe ich verworfen, ich möchte etwas von weitreichenderer Dimension. Ich schreibe jetzt an einem Buch der positiven Gebete, oder um es didaktischer zu formulieren, Gebete, die der negativen Seite des menschlichen Wesens, die in der pathologischen Disharmonie der Wirklichkeit immer präsent ist, ein Hindernis entgegenstellen. Das ist es. An die Arbeit. Liegt die Verkaufsbilanz schon vor? Ich warte darauf.
Grüße, Guber

PS: Ich habe das Material über die Sekte, das Du mir geschickt hast, noch nicht gelesen. Aber Ingrid ist schon mit dem Projekt befaßt. Sie wird Dir in Kürze Bescheid geben.

Juan Goycochea verhaftet – Schlangengiftbande zerschlagen, gab der Nachrichtensprecher im Fernsehen bekannt. Ingrid, sagte ich, komm her und sieh dir das an.
Wir wollten gerade ins Bett gehen, Ingrid erschien mit der Zahnbürste in der Hand in der Badezimmertür, komm her, sagte ich, sie haben die Mörder von Fúlvia festgenommen. Ingrid setzte sich neben mich vor den Fernseher. Goycochea ist der Dicke da, sagte ich, ich erinnere mich an ihn, er war ein paarmal bei uns zu Hause. Fúlvia nannte ihn nur den »Rrruhigen«, weil er immer sagte, »um mit Schlangen zu arrrbeiten, brrraucht man Rrrruhe«. So ein Schwein, sagte ich, eine Frau auf diese Weise umzubringen, mit einer Falle, es war eine Falle, sagte ich, hör zu, was sie berichten, verhaftet mit fünfzig Jararacas, die Schlangen haben bestimmt Fúlvia gehört, sie besaß eine große Anzahl von Jararacas. Und der Koffer mit dem Gift? Sie sagen gar nichts über den Koffer, und Raimundo hat mir erzählt, daß Fúlvia einen Haufen Gift bei sich hatte, als sie die Fazenda verließ.
Es folgte Werbung. Ich stand auf, stellte den Fernseher aus, sehr gut, sagte ich, trinken wir einen Wein? Ingrid antwortete nicht. Du, ich muß dir was sagen, erklärte sie. Aber es dauerte, bis sie redete. Sie kaute an den Nägeln, lief im Zimmer umher. Es war nicht Goycochea, der Fúlvia umgebracht hat, sagte sie schließlich und blieb vor mir stehen, immer noch mit der Zahnbürste in der Hand. Ich war's, sagte sie. Ich habe Fúlvia umbringen lassen.

Ich öffnete das Fenster, Autolärm erfüllte unser Schlafzimmer. Ich machte das Fenster wieder zu.
Es war keine Zeit mehr, die Sache wieder rückgängig zu machen, fuhr Ingrid fort, Dadá, der Macumbapriester, hatte schon einen Killer beauftragt, ich weiß nicht mal, wen, ich habe versucht, es zu verhindern, aber es ist mir nicht gelungen, der Kerl war rasend schnell. Ich habe nicht den Mut gefunden, es dir zu erzählen.
Ingrid ging zum Kleiderschrank und kam mit Fúlvias Koffer zurück. Sie öffnete ihn, ein Haufen Gift befand sich darin. Dadá hat ihn mir gegeben, sagte sie. Meiner Rechnung nach haben wir für achthunderttausend Dollar Gift.
Wir schauten die Fläschchen an, ich hatte Lust, alles in den Müll zu werfen.
Ich habe gedacht, sagte Ingrid, mit dir an meiner Seite würde ich alles vergessen, aber es ist wie mit einem Hängebusen, man schaut in den Spiegel, und es gibt nur ihn, und wenn man etwas darüberzieht, dann versteckt man ihn zwar, aber man weiß, daß er da ist und daß es ein Hängebusen ist, er wird mit der Zeit nicht wieder straff, und er geht einem nicht mehr aus dem Kopf. Nimm mich in den Arm, sagte sie.
Ingrid, sagte ich, es ist alles in Ordnung, die Geschichte ist erledigt, du wirst alles vergessen, ich werde dir beibringen, es zu vergessen. Ich werde dir das positive Beten beibringen, um die pathologische Disharmonie der Wirklichkeit zu blockieren. Komm her, ganz nah zu mir. Gib mir die Zahnbürste, sagte ich. Ich brachte Ingrid dazu, meine Gebete zu wiederholen, und dann

forderte ich sie auf zu beschreiben, was sie gerade fühlte. Etwas wächst in mir, ein Schaum, eine weiße Substanz, sagte sie. Ich glaube, jetzt kann ich diesen Wein trinken.

Wir lehnten uns auf die Fensterbank, tranken und sahen in die Nacht hinaus. Auf der Dachterrasse gegenüber, ein Stockwerk tiefer, wurde eine Party gefeiert. Die Leute tanzten, tranken, eine rothaarige Frau in einem roten Lamékleid fing an, uns zuzuwinken, um uns zu dem Fest einzuladen. Ingrid fragte, ob es nicht schön wäre, ein bißchen tanzen zu gehen.

Und von da an begannen wir, alles zu vergessen. Das heißt, mehr oder weniger. Fast alles.